中华先锋人物
故事汇

沈 浩

永远的红手印

SHEN HAO
YONGYUAN DE HONG SHOUYIN

张吉宙 著

党建读物出版社　接力出版社

图书在版编目（CIP）数据

沈浩：永远的红手印/张吉宙著．——南宁：接力出版社；北京：党建读物出版社，2020.4

（中华人物故事汇．中华先锋人物故事汇）

ISBN 978-7-5448-6450-3

Ⅰ.①沈… Ⅱ.①张… Ⅲ.①传记小说-中国-当代 Ⅳ.①I247.5

中国版本图书馆CIP数据核字(2020)第007226号

沈浩 —— 永远的红手印

张吉宙 著

责任编辑：	李雅宁　张晓辉　孔倩
责任校对：	贾玲云　刘会乔
装帧设计：	严冬　许继云　　美术编辑：高春雷
出版发行：	党建读物出版社　接力出版社
地　　址：	北京市西城区西长安街80号东楼（邮编：100815）
	广西南宁市园湖南路9号（邮编：530022）
网　　址：	http://www.djcb71.com　http://www.jielibj.com
电　　话：	010-65547970/7621
经　　销：	新华书店
印　　刷：	河北鹏润印刷有限公司

2020年4月第1版　　2023年5月第7次印刷
787毫米×1092毫米　32开本　4.75印张　65千字
印数：71 001—76 000册　　定价：20.00元

版权所有　侵权必究

质量服务承诺：如发现缺页、错页、倒装等印装质量问题，可直接向本社调换。
服务电话：010-65545440

目 录

写给小读者的话 ········· 1

我是男子汉 ············ 1

二等助学金 ············ 7

新官上任 ············· 13

手捧水泥 ············· 19

沈浩挨打 ············· 27

"小香猪"照亮未来 ······ 33

雨天的担忧 ··········· 41

盖起小洋楼 ··········· 47

修建敬老院 ··········· 53

九十八个红手印 ········ 59

蜗居	65
大学生创业	71
土地风波	77
春节前的走访	83
风雪夜归人	89
白发亲娘	97
黑珍珠	105
翻跟头	109
永远的红手印	115
纪念沈浩，就要把女儿培养成才	121
给爸爸的一封信	129
附录 沈浩日记	135

写给小读者的话

亲爱的小读者,你知道小岗村这个地方吗?在中国辽阔的版图上,安徽省凤阳县境内,有一个村庄,叫小岗村。多年以前,小岗村很穷,十几个村民冒着风险,在一份契约上按下了红手印。从此,揭开了改革的序幕,小岗村也因此被称为"中国改革第一村"。

从这份红手印开始,小岗村发生了许多故事。后来,有一个叫沈浩的人,为了让小岗村的明天更加美好,他告别了亲人,放弃了安逸的工作,到小岗村担任第一书记。

他以身作则,吃苦耐劳,带领村民修路,紧急情况下用手捧水泥;他为村里招商引资,东奔西走,数过家门而不入;他支持大学生来小岗村创业,陪他们共渡难关;他走访贫困户,嘘寒问暖;他为老年人建起了敬老院;他为村民盖起了"小洋楼"……他任期将满的时候,村民们又按下了一份红手印,把他留在了小岗村,从此,沈浩再也没有离开这片他深爱的土地……

这些红手印背后有什么样的故事呢?打开这本书,你会发现,一个个红手印,诉说着一个人和一个村庄的传奇。

我是男子汉

安徽省萧县，地处淮北平原北部，素有"四省通衢"之称。萧县境内，有个村庄，名叫孙秦庄。一九六四年五月五日，沈浩出生在这里。

沈浩一家九口人，除了父母，他还有四个哥哥，两个姐姐。随着大哥、二哥和三哥相继成家，两个姐姐也都出嫁了，家里的孩子只剩下他和四哥，与父母一起艰苦度日。当时，家里的情况很不好，父亲患有严重的肺结核，四哥不过十五六岁，沈浩年纪更小。由于家里生活很困难，沈浩连小学都没念完。生活的重担，几乎全部压在母亲一个人身上。这一切，让沈浩早早地产生一个念头：我要撑起这个家！

一九七七年,全国恢复高考。那年沈浩十三岁,他对四哥沈明儒说:"四哥,你继续上学去吧!"

沈明儒说:"还是你去吧!你年纪小,不上学可惜了。"

沈浩说:"正因为我小,以后还有机会。你上过初中,学习成绩又好,不去上学才可惜呢!"

沈明儒说:"就算我考上了,可咱家这日子……"

沈浩说:"放心吧!家里有我和娘呢!我们供你念书。"

沈明儒深受感动,一咬牙走进考场,最终考取了宿县地区农业学校。

村里人都说:"沈浩这孩子仁义,心里装着别人,长大了准有出息。"

为了供四哥上学,沈浩除了拼命干活儿,还不停地在心里琢磨怎样才能多挣钱,以便让四哥顺利毕业,让家里的生活更好一些。

两年后,村里实行大包干,沈浩家分到了八亩地。他每天早出晚归,下地干活儿。"庄稼一枝花，全靠肥当家。"沈浩明白这个道理，可家里没有多余的钱买肥料，他便想出一个办法：拾粪。

冬天的早晨，天上挂着几颗寒星，地上下了一层白霜，天气很冷。每天，沈浩都早早起床，背上粪箕子，拿一柄粪叉，走到野外去拾粪。村里早起的人，常常能碰见他，远远地就能看见他瘦削的身影……

不仅如此，沈浩还以一己之力，在黄河古道岸边的一片荒滩上，开垦出二亩荒地。繁重的体力劳动使他的一双小手磨出了厚厚的老茧，沈浩整个人也晒黑了，累瘦了。

娘心疼地说："孩子，悠着点，别累坏了身子骨。"

沈浩却说："我是男子汉！永远累不垮！"

村里人都很佩服他。若不是具有超凡的毅力和吃苦精神，怎么能开出一片荒地？尤其对一个年仅十五岁的少年来说，这真是一件了不起的事。

沈浩将开垦出的二亩荒地，全部种上了棉花。

棉花是经济作物，能给家里增加收入。这正是沈浩的聪明之处，他不光勤劳能干，而且凡事还肯动脑子。

秋后，棉花不仅带来丰收的喜悦，还是一道美景。棉花地周围的荒滩上，长满了红蓼，那低垂的花穗，随风摇曳，像一片投入大地的晚霞，红光氤氲。洁白的棉桃，如浮动的白云，一朵朵，一团团，舒舒卷卷。红蓼与棉桃，一片片的红，一片片的白，相互映衬，让人赏心悦目。

这是我画的一幅画，沈浩在心里说。

他久久地凝望着这道美景，心里生出对美好生活的无限憧憬。

沈浩一直在想，怎样才能为家里增加点收入，更好地供四哥上学。终于，他想出一个好办法：每年多养几头猪，卖了猪，手头就有钱了。于是，他和父母商量之后，一下子养了四头猪。喂猪的任务，他一个人揽了下来。拌饲料，打猪草，他不辞辛劳，想方设法地把猪养大。就这样，沈浩靠着卖猪的收入，既改善了一家人的生活，又轻松地支付了四哥上学的费用。

沈明儒毕业分配工作后，对沈浩说："五弟，我拿工资了，家里有我照顾着，你赶紧去上学吧！"

沈浩松了一口气，像完成了一项艰巨而光荣的任务。但他不知道，不远的将来，还有更艰巨、更光荣的任务在等着他。

经过不懈的努力，沈浩考上了铜陵财经专科学校。在校期间，他一直是一个品学兼优的学生，多次获得"三好学生标兵""优秀学生干部""省级三好学生"等称号。

一九八六年七月，沈浩光荣地加入了中国共产党。全村人都为之骄傲，都说他以后是干大事的人。

沈浩的母亲说："明月（沈浩小名）干啥事俺都放心，他从小就能吃苦。"

沈明儒说："五弟是真正的男子汉，他有一副铁肩膀，再重的担子他都能挑起来。"

二等助学金

秋天的校园,树叶飘零,菊花正黄,秋风带来了一丝丝凉意。黄昏,夕阳留下一抹红,淡淡的,亮亮的,笼罩着校舍、操场和树梢,迟迟不肯离去。沈浩站在一棵大树下,望着渐淡渐远的夕阳,心里想着那笔助学金。

在那个年代,靠助学金完成学业的大学生不在少数,沈浩就是其中的一个。相比之下,他的家庭尤为困难,按照规定,他应该享受一等助学金。

因此,在申请助学金的时候,有的同学说:"沈浩,你的家庭情况学校都知道,肯定会给你发放一等助学金。"

沈浩却笑着说:"那倒不一定,比我困难的同学也有不少啊!"

尽管他这么说,但同学们一致认为,一等助学金,沈浩拿定了。

可是,到底申请一等助学金还是二等助学金,沈浩心里很纠结。一等助学金名额有限,虽然只比二等助学金多几块钱,但对每一个家庭困难的同学来说,这几块钱却是一个不小的数目。

怎么办?问斜阳,斜阳已远去。

晚上,他躺在宿舍的床上,望着窗外的月光,想起为了供他上学不辞辛劳的父母,节衣缩食的四哥,想起自己从小吃过的苦,还想起像他一样家庭困难的同学,真是万般滋味涌上心头。

清冷的月辉,寥落的星辰,伴他一夜无眠。

助学金发下来的时候,同学们都很吃惊,沈浩出乎意料地拿了二等助学金。这是怎么回事呢?原来,沈浩考虑到其他同学的困难,便主动向学校提出,将本该得的一等助学金降为二等助学金,让出一个一等助学金的名额给其他同学。

他对同学们说:"面对困难,大家要齐心

协力，互帮互助。再大的困难，咬咬牙也就过去了。"

一场大雪飘落，整个校园一片白色，显得素雅洁净。雪下累了，停了停，天空依旧昏暗，布满大片大片的彤云。太阳还没出来，雪又下起来，不知要下多久。沈浩特别喜欢雪，它飘洒的时候，轻盈的姿态，裹挟无尽的苍茫；它落地的时候，铺展无边的美丽，遮盖一切枯寂。

沈浩一个人走在雪地上，脚下咯吱咯吱地响，像一支舒缓的小调，让人的心绪平静下来。来到宿舍旁边，他突然来了兴致，动手堆起了雪人。小时候，每逢下雪天，他就堆一个雪人。雪人，是他对雪的情结，对童年的留恋。

他的举动引来一帮同学，大家一起动手堆雪人。这时，沈浩发现似乎少了一个人，和他住一个宿舍的"小个子"同学没有来。这个同学因为长得又瘦又小，所以大家都叫他"小个子"。他也喜欢下雪天，喜欢堆雪人。

沈浩仰起头来，冲宿舍的窗户大声喊他的名字，半天不见回应。奇怪！下课的时候，沈浩还见过他，这才一会儿工夫，怎么就不见影了呢？

这时，有个同学走过来对沈浩说："'小个子'同学家里好像出事了，他趴在宿舍里哭。"

沈浩一听，扔下没堆好的雪人，冲进宿舍。

"出什么事了？"他问"小个子"同学。

"小个子"同学擦着眼泪说："我父亲去世了，家里太穷了，连给父亲办丧事的钱都没有。"

沈浩安慰他说："别难过，我们替你想办法。"然后，他毫不犹豫地从助学金里拿出十块钱，递给"小个子"同学："拿着，别嫌少。"

"小个子"同学连连摆手："我不能要，这可是你一个月的生活费啊！"

沈浩说："拿着吧，先给你父亲办丧事，生活上的事好解决。"

在沈浩的感召下，其他同学也都向"小个子"同学伸出援手，帮助他渡过了难关。

有个同学感慨地说："沈浩，你天生就是一副热心肠，爱帮助别人。"

沈浩笑着说："不是有这么一句话吗？一方有难，八方支援。我们都应该学会帮助别人，回报社会。"

后来，沈浩在毕业前夕，光荣地加入了中国共产党。他在入党申请书里这样写道："我出身农村，我是一个农民的儿子。我家里很穷，是党和政府培养了我，让我上了大学。现在到我回报社会的时候了，我要以党的标准来要求自己，决心把自己的一切献给党和人民。"

毕业后，沈浩被分配到安徽省财政厅工作。他仍然是一副热心肠，经常帮助别人。有一次，沈浩在单位门口遇到一位老大爷，只见老大爷满头大汗，急得团团转。

沈浩关切地问："大爷，您有什么困难吗？"

老大爷一把扯住他的胳膊说："我的国库券被老鼠咬了，这可怎么办呀？"

沈浩扶老大爷坐下，说："您别着急，把国库券给我看看，兴许有补救的办法。"

老大爷哆嗦着手，从口袋里拿出一包破损的国库券，递给他说："你看，都被老鼠咬成这个样子了，还能用吗？"

沈浩接过国库券，说："大爷，不要着急，我想办法帮您解决这个问题。"

他找来几个同事,大家一起动手,用糨糊把破损的国库券一点点粘补起来。然后,沈浩又陪着老大爷去银行兑付了现金。

老大爷万分感动,拉着沈浩的手说:"年轻人,真不知道怎么感谢你,你这是救了我一命啊!这些钱可是我的养老钱啊!"

不久,沈浩的一位同学知道了这件事,他对沈浩说:"你跟上学时一样,一点儿没变。"

沈浩说:"我还是那句话,我们每一个人都应该学会帮助别人,回报社会。"

新官上任

沈浩刚到安徽省财政厅工作的那年冬天,天气特别冷,寒风从早刮到晚,地上滴水成冰。

一天晚上,刚下过一场雪,路面结冰了。天上没有月亮,星光暗淡。为了赶印一份文件,沈浩冒着呼啸的北风,一个人骑上自行车赶往郊外的印刷厂。路上,因骑得很快,沈浩不小心摔倒在地,跌得鼻青脸肿。他忍痛爬起来,咬着牙赶到印刷厂,把文件印完了。

回到宿舍后,同事们吓了一跳,只见沈浩像变了个人似的,脸肿得老高,手上擦破了皮,腿也受伤了,走起路来一瘸一拐的,说话都没有力气了。沈浩浑身早已冻透,直打哆嗦,他爬到床上，裹上厚厚的棉被，半天才缓过来。同事们都说他工作起来简直连命都不要了。

可沈浩却坐在那里，双眼含笑，抿着嘴，脸上透出一丝坚毅，就像什么也没发生一样。半晌，他对同事们说："干工作就要有一种不要命的劲头，受这么点伤算什么？！"

转眼到了二〇〇三年的年底，安徽省委决定从财政厅选派一名干部到凤阳县小岗村任职。

小岗村是一个很出名的地方。一九七八年，那里的人们为了填饱肚子，率先实行了"大包干"，揭开了中国土地改革的序幕，小岗村也因此被称为"中国改革第一村"。从此，小岗村闻名于全国。但是，二十多年之后，小岗村的发展却停滞不前，一度又成为各方的焦点。

因此，派到这里来的干部，责任重大，而且注定是要吃苦的。

沈浩毫不犹豫，第一个报名。

财政厅党组经过研究，认为沈浩是最合适的人选。他来自农村，能够吃苦，责任心强，工作能力也强。于是，沈浩被派到小岗村任第一书记，踏上了新的征程。

沈浩在小岗村的住处很简陋，两间小屋，一张床，一把椅子，一张办公用的小桌子。村里的干部充满歉意地说："沈书记，条件差了点，您先将就着住吧！等有机会了，再给您换一处舒适的房子。"

沈浩说："没关系，我不是来享福的，有个地方住就行，关键是我们要一起努力，改变小岗村落后的现状。"

他刚安顿好，就召开了一次村干部会议，摸了摸村里的情况。开完会，他一个人到街上转，遇到了几个孩子。此时，春节刚过，这几个孩子在放炮仗。其中有个孩子很调皮，见沈浩走过来，便点燃了一个炮仗，扔到他脚下。孩子们本以为沈浩会发火，刚想跑，却见沈浩笑眯眯地看着他们，一脸和蔼，于是便停下脚步，上下打量这个陌生人。

沈浩弯下腰问他们："你们都叫什么名字？上几年级了？学校的老师好不好？"

孩子们觉得他很亲切，呼啦一下围了上来，

争抢着回答他。沈浩挨个摸了摸他们的头,说:"等有时间,我去你们的学校看看。"

有个孩子问他:"你是干什么的?"

沈浩笑着说:"我呀,是来小岗村工作的,以后咱们就是一个村子的人了。"

另一个孩子说:"跟我们玩一会儿吧!"

沈浩说:"好啊!小时候,我也经常放炮仗。"

这时候,妇女主任韩巧兰走过来,她对孩子们说:"别没大没小的,这可是咱们村刚上任的领导。"

沈浩说:"我喜欢孩子,他们很可爱,可惜没有时间跟他们多玩会儿。"

韩巧兰说:"没想到,您还是个孩子头。"

上任短短一个月,沈浩就为小岗村的发展四处奔波,废寝忘食地工作。整个人很快累瘦了,白皙的皮肤变黑了。"衣带渐宽终不悔,为伊消得人憔悴。"沈浩在日记本上写下这句诗,也写下这样一篇日记:

下派到小岗村已一个月了……

小岗村，一个全国闻名、世界知名的村庄，一夜越过温饱线，二十五年不富裕。让我到这儿工作三年，这是组织对我的信任，更寄有希望，我深感压力巨大。

……无论如何都要克服困难，充分发挥自己的聪明才智，依靠上级组织和领导的支持，团结带领"两委"班子，使小岗村发生巨大变化，小岗人走向小康之路。若此，到老定会有"不因碌碌无为而后悔"之感，那时回想起来，定会有些许的欣慰。

我想会的，一定会实现的，对此我充满信心。

—— 2004年3月10日

手捧水泥

从工地来到房间已是夜里11时了,天漆黑、寂静,还下着小雨。只有从楼顶流下的水声相伴。

今天小岗村东段1200米大道终于在万难中开工了!

由于事先灯没装好,大家在黑暗里继续干活儿。没有锹,干部们就用手捧(水泥),这难道不该表扬吗?

收工已是晚上9时多了,干部们还要留下来研究明天的工作,直至深夜11点。明早5点就要起床。

——沈浩日记(2004年8月17日)

世上的路有千万条,有的直,有的弯,有的长,有的短,有的宽,有的窄。留在上面的脚印,有的深,有的浅,有的模糊不清。

路,是靠人走出来的,是靠人修出来的,而有的路,是靠人用手"捧"出来的。走出的路,需要时间;修出的路,需要血汗;"捧"出的路,需要真心付出。

要想富,先修路。

一九九七年,小岗村修了一条长八百米的路,名叫"友谊大道",路两旁栽满了花草树木。春夏时节,花儿盛开,草木茂盛,有花香,有浓荫,有蝉鸣。过路的人心情舒畅,孩子们也愿意来这条路上玩耍,在树枝下、花草间蹦蹦跳跳地做游戏。入了秋,进了冬,树叶飘零,草木添黄,路上落了一层霜,别有一番韵味。

这一段路很漂亮,称得上是小岗村的"门面"。但是,再往东走,还有一千米长的路没有修好,与"友谊大道"形成鲜明的对比。路面坑坑洼洼,尘土飞扬,走在上面"雨天一身泥,晴天一身灰",谁家的孩子在这里玩耍,不出半天,保准变成一个泥娃娃,就连鸡狗鹅鸭都不愿意往这条路上溜达。因为它与友谊大道是同一条路,友谊大道修到这里就断了,人们称它为"断头路"。人们无不盼望着哪天能把它修好,与友谊大道接起来,变成一条完整而畅通的大道。

沈浩到小岗村上任不久,就准备为村里修路,但他知道,要干好这件事并不容易。

修路不是一件小事,需要大量的人力、物力和财力。其中,关键是财力。小岗村底子薄,拿不出修路的钱,沈浩多次赶到省城找有关部门,磨破了嘴皮子,好不容易争取到了五十万元修路资金。

有了这笔资金,沈浩却并不轻松,新问题又来了。按照惯例,村里修路最好通过招标——由各个工程队投标,承揽这项工程。哪家投的标低,质量又好,这条路就交由哪家去修。但是,沈浩算了一下,投标金额最少的也要五六十万,最多恐怕要达到八九十万。也就是说,如果招标修路,这五十万元资金是远远不够的,可是,村里无论如何也无法增加投入了。为此,沈浩又是一夜无眠。

在沈浩心中,那条路从黑夜伸向黎明。

早晨,他连饭都没吃,就去找人商量修路的事。村里有几位上了年纪的老人,对修路的事比较有经验。沈浩先找到了其中的四个人,都是当年"大包干"的带头人,在村里十分有号召力,他们分别是严俊昌、严宏昌、严立学和严金昌。当年,他们这些人带头,冒着风险,摁下红手印,在全国范围内率先进行"土地承包",小岗村因此成为"大包干"的第一村,令全国瞩目。

沈浩把实际情况摆出来,请他们一起想办法,看怎样才能既节省资金,又能把路尽快修好。

严宏昌说:"沈书记,只要你有信心,我们自己就能干好。"

沈浩说:"我有信心,再大的困难,我也能克服。您能不能做个预算给我看看,到底需要花多少钱?我知道这方面您有经验,当年您在外面搞过工程,您的意见很重要。"

严宏昌说:"沈书记,你一心想为村里修路,我们肯定支持你。你放心,今天晚上我就把预算做出来。"

第二天，严宏昌做出了预算，把修路所需的水泥、土方、人工费等，清清楚楚地列了一张单子。沈浩一看，心里有底了，他决定带领村民修路！

可是，有人说："修路是个技术活儿，村里人都是农民，下地干活儿还行，修路能行吗？"

还有人说："修路光靠一双手可不行，得有机械设备啊！"

沈浩说："咱们是给自己修路，况且还有工钱，相信大家会下功夫，把活儿干好。修路所用的机械设备，我们会通过租赁解决。"

那时，正值盛夏，烈日炎炎，地面像被火烤过般烫脚。但沈浩无所畏惧，他走在前头，小岗村村民紧随其后，冒着酷暑上路了。路就在脚下，希望就在眼前。就这样，在沈浩的带领下，小岗村自"大包干"以来，村民们展开了又一次集体行动。

沈浩在开工当天的日记里写道：

开工第一天，先是由村干部们带头上阵，加

上十几位村民一起来干,大家都很卖力。尤其是一位姓唐的四川籍妇女,干得特别出色。她在用机油擦板,实在令人感动。如果都能像她那样出力,公路何愁铺不好?谁说小岗人不能干?这位妇女的行动做出了强有力的回答!

开工当天,人们从清晨一直干到天黑,一个个已经汗流浃背,累得筋疲力尽。收工后,一辆车突然开了过来,拉来了一车搅拌好的水泥。

沈浩说:"大家再加把劲,把水泥卸下来,要不然过了一宿,水泥就凝固了,白白浪费了。"

大家面面相觑。刚开工的工地一团黑,灯具还没来得及安装。没有灯还好说,大家摸黑也能把水泥卸下来。问题是,没有准备装卸工具,没有工具,怎么把一车水泥卸下来?

沈浩围着车转了一圈,沉思片刻,果断地说:"用手捧!人多力量大,我们一齐动手,把水泥捧下来!"

他第一个挽起袖子,捧起水泥。有人劝他:"沈书记,别捧了,水泥会把手烧坏的。"

沈浩毅然决然地说:"烧坏手也要把水泥捧下来。"

大家见他不顾一切地往下捧水泥,哪还能站得住?便都不甘落后地用手捧起水泥。一捧,一捧,又一捧,在没有任何装卸工具的情况下,沈浩带领大家,硬是把一车水泥捧了下来。尽管每个人的手都不同程度地被水泥烧脱了皮,疼痛难忍,但是,一车水泥没有浪费,实实在在地被铺在路上,变为一段平坦的路面。

沈浩说:"能修好一段路,让人舒舒坦坦地走上去,我们付出些代价是值得的。"

人们都说,这条路是沈浩用手捧出来的。

沈浩挨打

有人曾经善意地提醒沈浩:小岗村的情况很复杂,有些群众觉悟不高,为了自己的利益,就跟村干部对着干。之前的几任书记,包括一名刑警队的队长下来任职,最后都没站稳脚跟。你自己要小心点,处理问题时,光靠公对公、硬碰硬不行,还需要灵活一些,讲点人情,千万不要激化矛盾。

沈浩认为,只要一心为公,凡事多替老百姓着想,他们不会不讲道理的。因此,他在解决一些村民侵占集体资产等问题上,坚持秉公办事,敢于碰硬。可是,他万万没想到,上任不久,就出了一件事。有一天下午,严余山和严德宝兄弟俩来到他的办公室,找他商量事。刚坐下一会儿,办公室的电话就响了,沈浩接起来一听,电话那头传来一个恶狠狠的声音:"沈浩,你给老子小心点,再敢掺和村里的事,老子就先揍你一顿,再把你赶出去。"

沈浩义正词严地说:"邪不压正,你少恐吓我,我不怕。"

严余山一听,知道情况不妙,急忙问沈浩:"沈书记,怎么回事?"

沈浩说:"一个恐吓电话。"

严德宝说:"沈书记,你可要当心啊!八成是得罪什么人了。"

沈浩说:"我一向秉公办事,问心无愧,不怕歪风邪气。"

严余山劝他:"还是小心点为好,晚上最好不要出去。"

沈浩说:"我不信,他敢把我怎么样?"

接下来的日子,沈浩像往常一样,白天带领村民修路,晚上再挤出一点儿时间,走访困难户。从早到晚,他像一个陀螺忙得团团转。

这天晚上，电闪雷鸣，下起了大雨。一般这种天气没人出门，但沈浩却在屋里坐不住了。他心想，这么大的雨，白天刚铺的路面，不会出问题吧？村民韩德刚一个人负责看管路面，可别被雨淋着。于是，他打了一把伞，拿着手电筒，走向村外的工地。

雨下得更大了，地上的水像小河一样哗哗地流淌。他蹚着雨水，穿过村庄，深一脚浅一脚地来到路边。

"韩德刚——"他喊了一声，没有回音。

"韩德刚——"他又喊了一声，还是没有回音。

韩德刚上哪儿去了？莫非跑回家了？沈浩不去管他了，用手电筒照了照路面，一切还好，路面上覆的塑料薄膜没有被雨水冲掉，对路面起到了保护作用。

他往前走着，突然发现路面鼓起来一块，把薄膜都顶起来了。走近一看，薄膜底下躺着一个人，原来是韩德刚，他已经睡着了。沈浩心里一热：多好的村民啊！

他拍醒韩德刚:"别睡在这里,会生病的。走,我送你回家。"

韩德刚揉着惺忪的睡眼,嘿嘿一笑:"沈书记,下这么大雨,您怎么来了?"

沈浩说:"先不说这个,我送你回家。"

韩德刚说:"我不能回去,得在这里看管路面,今晚我值班呀!"

沈浩说:"听我的,赶快回家,今晚这里有我。"

沈浩把韩德刚送回家之后,反身回去替韩德刚值班。刚走到村口,黑暗中突然蹿出几个人,把他围住了。沈浩一愣,没等他回过神来,脸上就挨了一拳,打得他眼冒金星,什么也看不见了。紧接着,这伙人对他拳打脚踢,沈浩躲闪不及,被打得遍体鳞伤。他忍痛喊着:"你们是什么人?快住手,我是新来的书记。"

有个人恶狠狠地说:"打的就是你这个新来的书记,再敢多管闲事,老子打死你。"

雨点般的拳头,落到了沈浩身上。危急时刻,村里的治保主任关正银冲了过来,他外号叫"勇敢",名副其实,他很勇敢。他摸起一块石头,冲那伙人厉声说:"再敢动手,我拍死你们。"

那几个人一看情形不好,拔腿跑了。关正银把沈浩扶起来,好不容易把他搀扶回去。没想到,沈浩刚养好伤没几天,又被人打了。

原来,村里有一个人,开了一个小饭馆,用村里的自来水,从来不交水费。沈浩前去做他的工作,让他缴纳水费,这人却蛮不讲理,非但拒不缴纳水费,而且飞起一脚,将毫无防备的沈浩踹倒在地。沈浩捂着肚子,疼得半天直不起腰来。

等沈浩从医院检查回来,打他的人已经被派出所带走了。沈浩想:他是一时冲动,自己身为村干部,应该再找他好好谈谈。于是,沈浩亲自去派出所,把他保了出来。那人很感动,他没想到,新来的这位书记如此宽宏大量。他拍着胸脯向沈浩保证,决不会再欠村里一分钱水费。

后来,那些找沈浩麻烦的人,想看他笑话的人,甚至动不动就出言不逊、扬言要打他的人,都对他心悦诚服,成为他的拥护者。

"小香猪"照亮未来

沈浩为了增加村民的福利,经过多方考察,动了开办养猪场的念头,但却遭到不少人的反对。他们认为,养猪太脏,臭烘烘的粪便还污染环境。沈浩就耐心地向他们解释:我们建的是现代化的养猪场,通过先进的技术处理动物粪便,可以做到去异味,无污染。

群众的思想工作做通了,沈浩却面临另一个问题。他要建的不是一般的养猪场,而是集养殖、育种、科研、调拨、推广于一体的大型养殖基地。要建这样一个基地,必须跟国内最有实力的养殖公司合作,得到他们的支持,才能顺利开展项目。

上海大龙公司,在全国养殖企业中名头很响,实力很强，沈浩看中了这家公司。可是对方会不会与他合作，沈浩心里没底，只好抱着试试看的态度，通过上海市农业农村委员会联系到了大龙公司总经理。

沈浩来到上海大龙公司的时候，总经理正在开会，沈浩便坐在办公室等他。过了一会儿，总经理来到办公室，见到沈浩时愣了一下，眼前的不就是一个普普通通的农民吗？个子不高，一脸憨笑，身穿一件土里土气的老式棉袄，由于棉袄过于肥大，人显得很臃肿。这与他想象中西装革履的谈判代表相差甚远。总经理皱了皱眉，心想：小岗村虽然是偏远的农村，但要谈这么大一个项目，怎么也得派一名领导干部来啊！

沈浩做了自我介绍，总经理瞪大眼睛，上下打量他。对于沈浩，他略有耳闻，真没想到，原来眼前这个人，就是安徽省财政厅下派小岗村的干部。

沈浩以诚恳的态度，把想办养殖场的想法以及小岗村的优势一一摆明，终于说服总经理先去小岗村看看，让村里人试养一些小香猪。不管怎么说，第一步算是迈出去了，沈浩备感欣慰，后面的合作就看能不能养好这几头小香猪了。

约定的那一天，春雨霏霏，沈浩一大早就站在村口等大龙公司负责人到来。

细密的雨丝，像绵密的针脚，缝补着大地。远处的田野上，一片轻烟。麦苗返青了，被春雨滋润着，透出无限生机。友谊大道两侧，树木抽出嫩叶，被春雨轻轻抚摸，显得越发娇嫩，一片葱绿。争春的花儿冒出了头，红的、黄的、紫的，在雨雾中若隐若现，花影绰绰。

一年之计在于春。沈浩想起这句话，浑身是劲。可是，他等了好长时间，也没见上海的车开过来。友谊大道上，只有飘洒的春雨和匆匆过往的几个行人。

几个孩子跑过来，在雨中的友谊大道上撒欢。他们连伞也不打，被雨淋得湿漉漉的，一个个很兴奋，欢蹦乱跳，不知道孩子们为什么这么喜欢雨。

沈浩笑了。他想起自己的童年，日子过得太苦了，下雨天他都要出去打猪草。现在，日子越来越好了,孩子们无忧无虑,在雨中奔跑欢笑。将来的日子还会更好的,一定要带给他们一个更加美好的童年。沈浩望着孩子们,在心里说。他又望向远处,烟雨迷蒙,还不见大龙公司负责人的身影。

陪同他的一名村干部说:"沈书记,他们不会不来了吧?"

沈浩说:"他们一定会来的。"

那名村干部说:"要不我们回办公室等吧?"

沈浩说:"不,就在这里等。"

这时,一个八九岁的小男孩跑过,他突然停住脚步,回过头问沈浩:"你一直站在这里,到底在等谁呀?"

沈浩弯腰对他说:"我在等一位从上海来的客人。"

小男孩眨了眨眼:"从上海来的,那他会不会给你带大白兔奶糖呀?"

沈浩笑了,摸了摸他被雨打湿的头发:"你喜欢吃大白兔奶糖?"

小男孩一仰头:"当然了,大白兔奶糖多好吃啊!我家有亲戚在上海,给我带过。"

沈浩说："今天要来的这位客人啊，他带的东西可比大白兔奶糖厉害多了。"

小男孩很好奇："那是什么？"

沈浩说："小香猪。"

"小香猪，是猪吗？"

"对呀！"

"猪都是臭的，怎么会有小香猪呢？"

"哈哈，小香猪长得很小，圆滚滚的，很可爱。它的肉有一种浓浓的香味，因此它还有个名字叫'十里香'。在古代，小香猪是上好的贡品，只有皇帝才能吃到这么香的猪肉。"

"这么神奇？那我也在这里等等那位客人，看看小香猪长什么样。"

"好啊！我们一起等。"

快到晌午了，小雨还在淅淅沥沥地下着，沈浩终于等来了大龙公司一行人。寒暄几句后，沈浩直奔汽车，去看他们带来的小香猪。路途遥远，且一路颠簸，天又下雨，雨水和尿水掺杂在一起，弄得小香猪身上脏乎乎的，但遮掩不住它们可爱的模样：圆滚滚的小身体，黑白相间的毛色，大大的肚子，细长的尾巴，短小的四肢，小巧的耳朵，它们个个哼哼唧唧的，憨态可掬。孩子们也都围上来看，他们想伸手摸摸小香猪，但又觉得太脏了，只是笑嘻嘻地看着小香猪。

小香猪终于来到小岗村，办养猪场有希望了。沈浩欣喜若狂，把小香猪一头头从车上往下抱。他的动作很轻，很小心，像抱住一个婴儿，一副疼爱的样子。这让大龙公司负责人受到强烈的震撼，这个小岗村的带头人，如此朴实能干，毫无疑问，这是一个值得信赖的人。他当场决定：在小岗村办一个养殖五十万头小香猪的大规模养猪场。

常言道："猪粮安天下。"小岗村有了养猪场，沈浩的心放下了一半。后来，小岗村养猪场规模越来越大，养了几十万头小香猪，成为凤阳县最大的集养殖、育种、科研、调拨、推广于一体的小香猪养殖基地。

这是一个美好的开端，未来的小岗村，将迎来更多的企业。就像这场春雨滋润着大地，会万物复苏，生机盎然。

"小香猪"照亮未来

雨天的担忧

春夏秋冬,四季更替。

二〇〇五年的夏天,沈浩到小岗村工作一年多了。

这天深夜,电闪雷鸣,雨下个不停。沈浩在他的日记中写道:

> 天虽然下着雷雨,地上泥泞,但他们顾不上这些,几近几次跌倒,他们住的实在是太难了。到了他们每一家,外面大雨,屋内小雨,一家几口人挤在一起。

这里的"他们"是指小岗村的几户贫困村民,

他们的住房条件很差，冬天漏风，夏天漏雨。沈浩一直在想办法给他们修补房子。夏天一到，沈浩就睡不好觉，尤其下雨天，他更加坐立不安，心里牵挂着那几户人家。

一天下午，天气突变，乌云翻滚，雷声隆隆，眨眼间，大雨瓢泼。

此时，沈浩正在严家村，为一位老大娘解决住房用地的问题。老大娘的儿子到了结婚的年龄，急需村委批一块地，建新房结婚用。另外，还有几户人家也准备盖房子。沈浩专门拿出一下午的时间，前去严家村处理这件事情。

严家村是小岗村的一部分，此外，还有石马、小杨等几个自然村，共同组成了小岗行政村。沈浩一到严家村，还不等喘口气，雨就下大了。而那几户需要盖房子的村民，却一直站在雨中等他。

沈浩上前问他们："下这么大的雨，你们站在外面干什么？走，咱们去屋里说话。"

一位村民说："沈书记，你不知道，屋里也下雨，比外面下得还大。"

沈浩一听，心里很不是滋味。他对大家说："请大家伙儿放心，我一定会想办法，尽快把你们的住房问题落实好。"

天黑了，雨越下越大，风也急了。沈浩突然想起一个人，浑身一激灵。严家村有个村民名叫徐大山，他们一家三口，住在一幢年久失修的老房子里。这幢老房子，破败不堪，摇摇欲坠，下小雨，刮小风，还能抵挡一下，遇上这么大的雨，这么大的风，房子恐怕有倒塌的危险。

沈浩实在放心不下，便一头扎进雨中，往徐大山家跑去。

风很大，雨很急。一把伞没撑多久，就被风刮破了。他淋了一身雨，衣服很快就湿透了，往下滴水。密集的雨线眯住了双眼，他看不清脚下的路，本就泥泞不堪的路，越发寸步难行。他几乎是摸索着往前走，深一脚浅一脚。沈浩心里着急，不顾风吹雨打，加快了步伐。他走着走着，一只脚陷进泥里，往外一拔，脚出来了，鞋子没出来。他顾不上那么多了，干脆脱掉另一只鞋子，赤着双脚奔向徐大山家。

44 中华先锋人物故事汇 沈浩

徐大山家四处漏雨，屋里一点儿不比外面下得小。就连最为结实的山墙，也裂开一道缝隙，风雨一个劲儿地往里钻。屋顶上漏下的雨，形成无数道雨帘，一块块泥灰跟着往下掉。沈浩刚一进屋就听到吱吱的声音，抬头一看，屋顶上的几根檩条摇摇欲坠。他大叫一声："不好！"一个箭步冲到床边，一把抱起孩子，冲正在发愣的徐大山两口子喊了一声："不要命了！还不快跑！房子要塌了！"

徐大山这才回过神来，拉起妻子，跟在沈浩身后就往外跑。风雨中，沈浩抱着孩子跑在前头，徐大山两口子跟在后面。

前方是村委会，沈浩领他们跑过去，先把孩子安顿好，接着找了几个人返回去，冒着房屋倒塌的危险，帮徐大山把家里的东西一件件地搬了出来。沈浩对徐大山说："明天我找间房子，你们临时住下来，等天气好了，我就安排人帮你修房子。"

徐大山两口子十分感动，望着沈浩，眼圈都红了。

严家村还有一个叫韩需要的村民，家里穷得叮当响，房子破得不像样，四面透风，墙上裂满闪电状的缝隙，屋顶上到处是窟窿，下雨天更不好受，家里的锅碗瓢盆全都得用来接雨。

有一天下雨，雨不大，下一会儿，停一会儿。沈浩一想起韩需要，立马就坐不住了。他打着伞，到商店买了一袋奶粉，来到了韩需要家。

韩需要的儿子还很小，沈浩来的时候，小家伙已经睡了，他的头顶上撑着一把雨伞，雨滴从房顶上落下来，啪啦啪啦地打在伞上。沈浩心里一酸，把奶粉放在孩子的枕边，怜爱地摸了摸他的小脑袋。孩子吃不上奶，缺乏营养，瘦得皮包骨头。

沈浩望着漏雨的屋顶，看了一眼孩子，对韩需要说："再坚持一下，我已经在村委会会议上把你的情况说了，村里很快会拨出两千块钱，先帮你修缮房子。生活上的困难，我也会想法子帮你解决。"

韩需要拉着沈浩的手，千恩万谢。沈浩说："不要谢我，作为书记，没能让你们尽快过上好日子，我心里有愧啊！不过你放心，咱们的日子会好起来的。"

窗外，细雨如丝，润物无声。

盖起小洋楼

贫困户家的危房,成了沈浩的一块心病,下雨天怕房子塌了,下雪天怕村民冻得受不了。沈浩下定决心,一定要改善他们的住房条件,把破旧的房子变成舒适的楼房!

他想尽一切办法,前后不知跑了多少路,终于从省财政厅争取到一笔建房补助资金。有了这笔钱,就不愁盖房子了。每户新建房屋的村民可以享受两万元的建房补贴。

沈浩在小岗村干部会上说:"要盖咱们就好好盖,由村里统一规划,统一出图纸,盖二层楼,彻底改变小岗村的住房面貌,让大家都住进小楼里,安安心心过日子。"

村民们知道这件事后,都像过年一样高兴,纷纷奔走相告:"要盖小洋楼了!""我们以后能住进小洋楼里了!"

但是,韩需要却一点儿都高兴不起来,他家太穷了,拿不出一分钱。他算过一笔账,光靠补贴的两万块钱是盖不了房子的,自己多少得掏一些钱。

因此,韩需要对外宣称:"我没有钱,不盖楼了,住这破屋就行了。"

沈浩听说后,就去动员他:"老韩,这是个多好的机会啊!政府给了我们这么大的支持,为的就是让大家住得好一点儿,光靠你自己,哪年哪月能攒够这笔钱?你可要想明白啊!"

韩需要说:"沈书记,我也想盖楼啊!谁不想住得宽宽敞敞?可我这情况,你不是不知道,眼下是一分钱都拿不出来啊!你让我咋办?"

沈浩点点头,陷入沉思。韩需要的情况,他很了解,的确有实际困难。他上有年迈的老母亲,下有一个吃奶的孩子,日子过得很紧巴,家里没有一点儿积蓄。一个月前下了一场大雨,沈浩去韩需要家看过，屋里到处漏雨，当时他就和村干部们商量，由村里拿出两千块钱，帮韩需要修补一下房子。

他对村干部韩巧兰说："你丈夫是搞建筑的，能不能让他帮忙，出个义务工，帮韩需要修修房子？这个人情记在我身上。"

韩巧兰一口答应了。可是，还没等给韩需要修房子，很多人就听说了这个消息，纷纷来找沈浩，也要求村里拨款给他们修房子。沈浩被他们缠得没有办法，只好把给韩需要修房的事先放一边了。这回要盖楼了，说什么也不能再把这件事放下不管了。

沈浩对韩需要说："我再想想办法，我跟大家商量一下，看你能不能作为一个特殊情况，在两万元的基础上，再给你争取一点儿补贴。如果还不够的话，我就出面替你借点钱。"

韩需要一听，两眼放光："我盖！您这么帮我，我说啥也要把楼房盖起来。"

为了帮韩需要节省开支，沈浩又去找他的邻居做工作。韩需要家与另外三户人家紧挨着，如果四户连起来盖，可以少砌几面山墙，既省工又省钱。沈浩说服他们跟韩需要连起来盖楼，如此互相帮助，对大家都有利。沈浩一出面，这件事迎刃而解。

韩需要感动地说："沈书记，大事小事您都替我操心，我真不知道说啥才好。"

沈浩说："啥也别说了，咱们盖楼。"

可是，楼刚盖到一半，韩需要的手头就没钱了，眼看就要停工了。他愁眉苦脸地对韩巧兰说："怎么办呀？"

韩巧兰不光是村干部，还是韩需要的邻居，在沈浩的动员下，为了给韩需要省点钱，跟他连起来盖楼。

韩巧兰说："不管怎样，你得想法把楼盖起来呀！你不盖，我们也盖不好了。"

韩需要说："我哪有啥办法呀！"

韩巧兰说："我有办法，你赶快去找沈书记。"

韩需要面露难色："还去找沈书记呀！我已经麻烦他太多次了。"

韩巧兰说:"你这事,只有沈书记能帮你解决。"

韩需要万般无奈,只好去找沈浩。沈浩说:"你别着急,我来替你想办法。"

他领着韩需要来到工地,对包工头说:"韩需要的楼房,你们尽管盖,他付不了钱,由我替他付,怎么样?"

包工头说:"沈书记发话了,哪有不行的事?我们保证给他把楼盖起来。"

二〇〇八年春节前夕,韩需要全家终于住进了小洋楼,他母亲戴世英对沈浩感恩戴德,一见到沈浩,就拉住他的手,千恩万谢。

沈浩说:"大娘,您不要谢我。应该感谢共产党,有党的领导,我们的日子会越来越好。"

修建敬老院

小岗的工作愈来愈难了。……该怎么办呢？因为要做的事情很多，如村民小区建设、农贸市场、医院、招待所、农机院、敬老院、土地治理等，每干一件事都有人要价，且首先要关系到土地，如果村民不同意，又能做什么呢？

——沈浩日记（2005年8月30日）

沈浩多次到民政局，努力地争取到了一百二十多万元资金，准备建一座功能齐全的敬老院。

沈浩看好了一块地，很适合盖敬老院。这块地有七八亩，位于村口一侧，旁边有一家卫生院。他考虑得很周到，敬老院紧挨着卫生院，老人们去看病很方便，走几步就到了。

但是，用地却是个大难题。"大包干"期间，这几亩地被几户严姓人家承包了，他们听说要在这里盖敬老院，几家联合起来，异口同声地对外宣称，这块地是宝地，谁也别想动，将来他们要在这块地上盖祠堂。

无奈之下，沈浩只好去做他们的工作，希望他们能为大局着想，把地让给村里建敬老院。可是，他磨破了嘴皮子，也没人听他的。这几户人家坚持不让地，为了阻止村里用地，他们从家族中挑出一个叫严家红的人，专门来对付沈浩。在这种情况下，无论沈浩怎么做工作，严家红拉开架势，就是寸步不让。

沈浩急坏了，如果做不通严家红的工作，敬老院就没法建。怎么办呢？沈浩愁得连饭都吃不下去，有人给他出主意："沈书记，严家红喜欢喝酒，如果您觉得合适，不妨拎几瓶酒去他家试试，兴许他能松口。"

沈浩说："只要能建起敬老院，拎再多的酒我也干。"

一天，沈浩自掏腰包，买了几瓶好酒，拎着去了严家红家。沈浩对他说："今天我陪你喝酒，咱俩慢慢聊。"

严家红说："沈书记，你会划拳吗？敢不敢和我划几拳？"

沈浩一伸手："来吧！"

俩人划拳猜令，连喝几杯酒。沈浩酒量不大，眼看快喝倒了，严家红坐不住了，乘着酒兴，拍着胸脯说："沈书记，就冲你这个人，这块地我让了。"

沈浩终于松了一口气，可是第二天，严家红又变卦了。沈浩气得发火了，指着他说："男子汉大丈夫，你怎么能出尔反尔？"

任凭沈浩怎么说，严家红都低头不吱声。沈浩气得浑身哆嗦，但拿他没办法，回到自己的小屋后，竟一头扑在床上放声大哭。

关正银跟在沈浩后面，见他像个孩子般地哭起来，一时不知所措。他眼中的沈书记，一向是个坚强的人。那天晚上，他被一伙人打得那么重，硬是挺住了，一滴眼泪没掉。不知为什么，此刻他竟变得如此脆弱，好像受了天大的委屈。

沈浩见关正银在眼前,急忙擦掉眼泪,又要去找严家红。这时,张秀华进来了,她是小岗村党支部副书记,工作能力很强,也是沈浩的左膀右臂。平时,沈浩遇到难事,都会找她商量。这次,沈浩见到她,眼前一亮,说:"张书记,我记得你跟严家红能说上话,他能在村里当电工,好像是你给他安排的。"

张秀华说:"我来就是为了这事。走,我陪你去找他。"

两人找到严家红,张秀华说:"沈书记盖敬老院,这是一件为全村人着想的大好事,你爸你妈也有老的一天,将来他们都进敬老院,也不用你们做儿女的操心,这是多好的事啊!你为什么非要拦着不让盖?"

沈浩说:"那块地我也看过了,基本上空着,盖起敬老院,将发挥多大的作用啊!你让出来,就是为老人们谋福利啊,是一件功德无量的事!"

严家红听了,沉默半响,终于让步了。

沈浩高兴地拍了拍他:"找时间,我再陪你喝酒。"

严家红不好意思地说:"沈书记,听说把你给气哭了,这事我做得不对,您可别怪罪我啊!"

沈浩哈哈大笑:"让你见笑了,我也是憋屈得慌,哭出来发泄一下。这下好了,我保证不哭了,你也别把这事放在心上。"

第二天,沈浩通知了施工队刚要开工,另外几户人家又跑过来闹事。他们拿着铁锹,在地头挖了一道沟,不让施工队的车开进来。这还不算完,他们又跑到沈浩面前"示威",一齐嚷嚷着:"这是我们老严家的地,谁也别想动。"

只见沈浩往高处一站,毫不客气地说:"这个敬老院,我盖定了!我就不信了,有利于老百姓的事,谁还能非拦不可!"

那几户人家一看,这个书记不好惹,他们自知理亏,只好乖乖地把地让了出来。

敬老院终于开工了!

沈浩的住处离工地不远,推开窗子就能看见工地上的情况,但他还经常往工地上跑,了解工程的进度。晚上,他就在窗前站一会儿,遥望星空下灯光闪烁的工地。想着即将建成的敬老院,他笑了,晚上睡觉也很香。

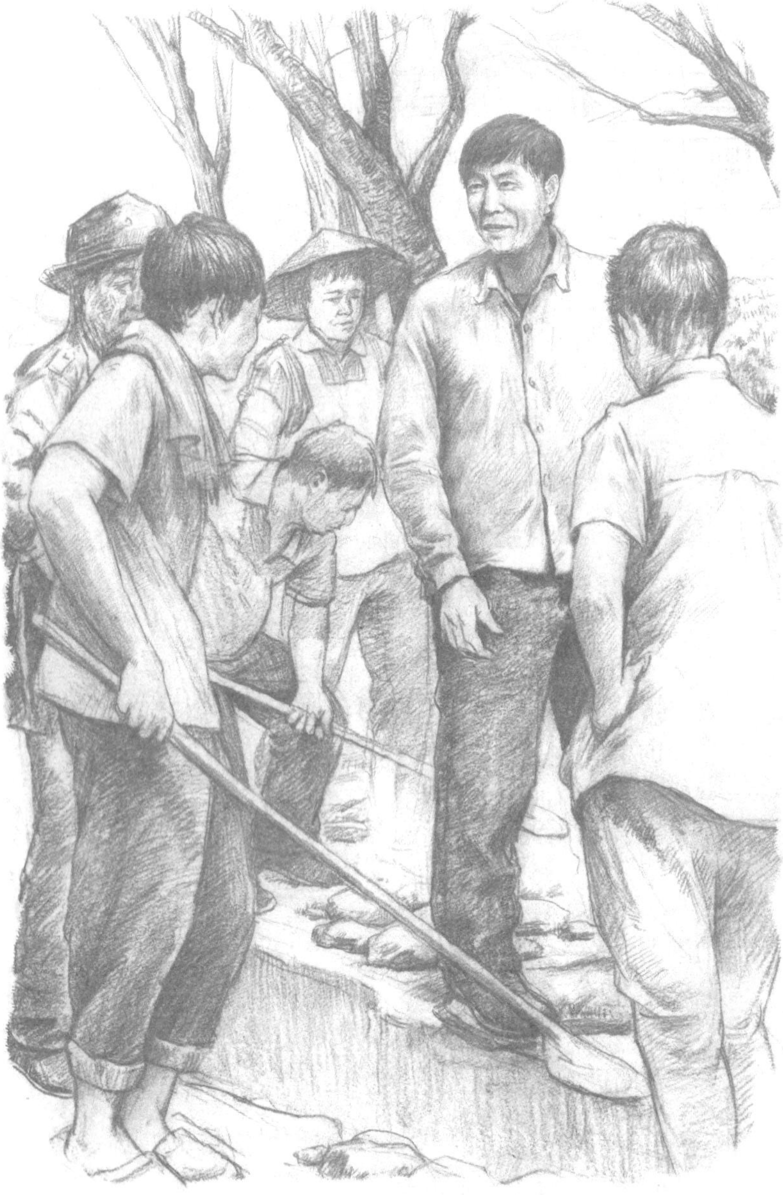

九十八个红手印

一九七八年,为了改变小岗村穷困的面貌,十八个农民开了一场会,他们不顾个人安危,在一张"生死契"上摁下十八个红手印,悄悄地将村里的土地承包给个人。这可是一件惊天动地的大事,小岗村一夜之间闻名全国。

这份红手印文件,表明了小岗人脱贫致富的决心。这是一种承诺,一份担当,一份责任,更是对美好生活的追求。在当时的情况下,这需要何等的勇气!

时隔近三十年,二〇〇六年十月,秋风乍起,小岗村又发生一件大事。村民们又在一份请愿书上摁下了红手印,九十八个红手印表达了他们的愿望，而他们的愿望就是希望沈浩能够继续留在小岗村，带领大家致富。

至二〇〇六年，沈浩已在小岗村干满三年，按规定应调回合肥任职。村民们不舍得他走，他是名副其实的小岗村第一书记，小岗村离不开他。他为了小岗村的发展，倾注了大量心血，上哪儿去找这样的好书记啊！村民们无不盼望他能留下来。最后，村民们想出一个办法——再次摁下红手印。一个个红手印，就是村民们一颗颗火热的心，是对沈浩的信赖和爱戴。

小岗村的党员、干部和群众，为了挽留沈浩，写了一份请愿书。这份请愿书的内容，分明是一个个感人的故事。每一段话，每一行字，都是沈浩留在小岗村的一行行足迹，一滴滴汗水，一个个不眠之夜，一场场风霜雨雪中的奔波……

请愿书的内容大致如下：

首先感谢上级领导给小岗村派来沈浩这样一位好书记。为了小岗村的老百姓能过上幸福的生活，沈浩一心一意地扑在工作上，把小岗村当成自己的家。

他把所有的时间和精力都留在了小岗村,平常很少回家,哪怕出差经过合肥,他都没时间回家看一眼。即便过春节,他也是大年初一才赶回去,不到两天又赶回小岗村,来来往往的,他开的是自己的车。村里没有一部车子,他把私家车当成公车用,三年来,为小岗的发展四处奔波,跑了十几万公里。

他一上任就忙碌起来,为村民办了许多实事。他到处筹借资金,带领大家修了路,建立了"大包干"纪念馆、卫生院、农贸市场、面粉厂。还给村民安装了自来水和有线电视,逐步改变了小岗村落后的面貌。

他十分关心教育,帮助学校解决了许多困难,并为小岗村考取重点大学的学生办理了助学贷款。

村里有几十户人家住房条件很差,沈浩想尽一切办法,忙前忙后地争取资金,为大家修建房屋,改善居住条件。

在小岗村流传一句话:有困难,找沈浩。村

民遇到难事,都会去找他帮助解决,他是村民的主心骨,他是村民的勤务兵。

他为官清廉,从来不收礼。他帮人们解决了许多大事和难事,有人为了感谢他,送他烟酒,他不收,送他一点儿土特产,他也不收,无论送他什么,都被他挡了回来。他是真正的清官。

他是一个朴实的人,一个脚踏实地的人,一个心里装着别人的人,他从不摆官架子,为人很随和,和群众心贴心,就像一家人。

小岗人最讲事实,好干部就是好干部,不好也不会有人说好,有人说小岗人不懂情理,那是因为有的干部没给老百姓办实事。像沈浩这样的好干部,就受到小岗村人的欢迎。现在听说要把他调走,小岗人舍不得他走,小岗村需要他,也离不开他。特此请求上级领导批准沈浩书记继续留在小岗村工作。

"请愿书"上,有当年"大包干"带头人严宏昌、严立华和严金昌等人的签名和鲜红的手印。

这份"请愿书",深深地打动了沈浩,这是

小岗人对他的信任啊！上级领导十分重视这个情况，找沈浩谈话，征求他本人的意见。

沈浩干脆地说："我想留下来，和小岗人一起奋斗！"

安徽省委选派了几千名到农村挂职的干部，沈浩是其中唯一留下来的人。一开始，沈浩的老母亲、妻子和女儿都不同意这件事。已经吃了三年的苦，回到城里多好啊，各方面条件都比农村强百倍。关键是一家人又能团聚在一起，舒心地过日子。沈浩反复劝说她们，小岗村离不开他。他对母亲说："娘，我是您的儿子，但也是小岗人，他们也离不开我啊！"

母亲流着泪说："道理我懂，去吧！把人家的事办好。"

临走时，沈浩对妻子说："放心吧！再干上三年，小岗村就大变样了。那时候我再回来陪你，再也不走了。"

可是这一去，沈浩再也没有回来，永远留在了小岗村。

蜗居

沈浩在小岗村工作的几年,一直住在一座小屋里。这座小屋,其实就是一个小房间,里面摆了一张床,就已经占去大部分面积。空间虽然局促,但打扫得干干净净。屋里没有沙发,用沈浩的话说,摆沙发太占地场,也坐不了几个人。

这里也是他办公的地方,只要他在房间,每天都会有人来找他,两三个,五六个,七八个,络绎不绝。为此,沈浩专门摆了两条长凳。

凳子不同于沙发,它窄而长,占地面积小,作用却比沙发大。一条长凳,能坐七八个人,即便是一下子来了一群人,稍微挤一挤,也都能坐下。

小屋的门，从早到晚都不上锁，始终为村民们敞开。无论早晨还是晚上，村民有事找他，一推门就进来了。

有一位记者朋友，在沈浩的房间住了一晚，可以说是"硬挤"了一晚。沈浩为他加了一张小床，房间显得更挤了，若两人同时下床，都走不开。记者朋友笑称他的小屋是"蜗居"。

这位记者目睹了沈浩在"蜗居"办公的情形。

一大早，就有人站在门外敲门，沈浩并不起身开门，也不说请进之类的客套话，而是直接说："进来吧！"这个时候，沈浩就坐在床上办公，他也只能坐在床上办公，除了这张床，他无处可坐。外面的人进来后，沈浩就好像面对一位老朋友，一指凳子，说："坐。"

这位村民姓吴，为了房子的事来找沈浩。原来，他叔叔的三间旧屋坐落在"大包干"纪念馆的附近，紧挨着通往纪念馆的路，不免大煞风景。村干部曾经动员他叔叔拆掉旧屋，另批一块地建新房，每间房子补贴几百元。但他叔叔没有拆，理由是住习惯了。后来，这几间旧屋被旅游部门看上了,准备改为"当年农家",作为三十年前小岗村的一个缩影,成为一个参观、旅游的景点。于是,原本不值钱的旧房子,一下子身价倍增,以十三万五千元的价格被旅游部门收购。

吴姓村民说:"虽然这是我叔叔的房子,当初拆了也就拆了,可如今卖了个大价钱,应该有我的一份吧?因为我们两家的山墙是连在一起的。沈书记,您说是不是这个理?"

沈浩抽着烟,想了想说:"理是要讲的,但这里有个关键问题,房钱不是我们村支付的,是县旅游部门给的,应该找旅游部门协调一下。再说了,这是你们的家务事,你应该和你叔叔商量着办。如果需要我们协调,你再来找我,你看这样行不行?"

吴姓村民说:"行,只要有您这句话,我就放心了。我知道,再难办的事,只要您出面,没有解决不了的。"

吴姓村民走了,屋外又传来阵阵说话声和脚步声。一会儿,几个人推门而进,有男的,有女的。其中有一个妇女,名叫张长淑,她是四川人，前些年嫁到了小岗村，因为当时家里穷，她将老父亲和弟弟都带到了小岗村定居。转眼间，三十年过去了，她的女儿考上四川一所大学。当时，沈浩代表村里奖励了她三千元，这是沈浩来小岗村工作时定的奖励政策，凡是村里有学生考上大学，村里一概扶持，发放奖学金。因为这件事，张长淑对沈浩一直心存感激，逢人就夸沈浩，说他是一位难得的好书记。

张长淑这次找沈浩，不是来说感谢的话，而是带着儿子来的。她的儿子，在南方打工，已经成家立业了，日子过得不错。但他一时犯糊涂，私自做了一支土枪，违犯了国家的枪支管理规定。沈浩知道这件事后，专门找张长淑谈过话，让她尽快把儿子带回来，向有关部门自首，争取政府宽大处理。

现在，张长淑领着儿子，站在沈浩面前，她希望沈浩能帮忙，放她儿子一马。沈浩站起来，对张长淑的儿子说："你能回来就很好，说明你有悔过之心。"

接着，他又对张长淑说："你只到我这里不

行,我不能代表政府,你应该带他到公安局去自首,走法律程序。你放心,我们也会向有关部门说明情况,争取从宽处理。"

张长淑领着儿子走了,又有几个人进来了,凳子上很快坐满了人,把小屋挤得水泄不通。他们争抢着找沈浩解决问题,沈浩总是面带微笑,耐心地听他们诉说……

有几个孩子,扒着窗户往里看,他们不知道里面为什么总是这么热闹。

大学生创业

二〇〇六年，一批大学生到小岗村创业，在村子东侧的田野上，建了几座双孢菇大棚，成立了蘑菇合作社。他们平时吃住都在大棚里，条件十分艰苦。

沈浩很关心他们的生活，一有时间就往大棚跑，嘘寒问暖。他还经常叮嘱合作社的社长关正银：一定要把大学生们照顾好，他们出门在外不容易。

中秋节那天，沈浩本来应该回合肥老家和亲人团聚，可是，他一想起那几个大学生，立刻打消了回家的念头。他们全部坚守在大棚里，没有一个回家过节的。这个时候，谁不思念家乡和亲人？何况，他们那么年轻，又是第一次在异乡创业，思乡之情可想而知。

沈浩决定陪大学生们过节。这时，女儿来电话问他怎么还不回家。沈浩对她说："爸爸不回去了，在小岗村陪创业的大学生过节。"

女儿不高兴地说："爸爸，我是您的女儿，您能陪别人过节，就不能陪我过节吗？您是怎么想的呀？"

沈浩安慰她说："他们和你年纪差不多大，在外面艰苦创业，父母又不在身边，你说他们心里能好受吗？我身为小岗村的带头人，是不是应该多给他们一些温暖啊？希望你能理解爸爸。"

女儿说："爸爸，其实我只是冲您发发牢骚。好长时间没看见您了，我和妈妈，还有奶奶，都很想您。"

沈浩说："以后，我一定常回家看看你们。"

皓月当空，夜色如水。远处的田野，洒满明亮的月光，一座座大棚，在月色中显得朦朦胧胧，分外孤寂，周围一片虫鸣声，更添寂寥。不一会儿，伴着一阵脚步声，沈浩来了。

他从口袋里掏出三百块钱,到商店买了一些月饼、水果和肉制品,双手拎着,走进一座又一座大棚……

这年中秋节,让这几个大学生终生难忘,他们在心里把沈浩当作了自己的父亲。

有一个名叫尹小二的大学生,一个人住在大棚里。这天,沈浩领着关正银走进尹小二的大棚。尹小二很能干,一心扑在蘑菇种植上,生活很简朴,经常凑合着吃饭。沈浩一进去,就发现尹小二用来盛米的袋子快空了,里面仅剩下一把米。油盐酱醋也都所剩无几了。几块咸菜摆在那里,连一棵青菜都没有。

沈浩鼻子一酸,摸了摸口袋,掏出仅有的二百块钱,递给尹小二说:"赶紧去买点好吃的,看你瘦得,要学会照顾自己。"

尹小二感动地说:"沈书记,您对我们大学生太好了,就像我们的亲人。"

沈浩说:"看你说的,我平时太忙了,对你们照顾不周,可不要埋怨我啊!"

接着,他转头对关正银说:"亏你还是治

保主任，尹小二的生活这么困难，你不是不知道，为什么不帮助解决？我们当干部的，要多关心他们的生活，要不人家在这里怎么能干下去？"

冬天到了，一天傍晚，雨夹着雪落下来，天气异常寒冷。沈浩从县里开会回来，路过苗娟的大棚。苗娟也是一名在小岗村创业的大学生，为了支持她创业，她的家人特地从外地赶来，和她一起住在大棚里。

沈浩看到苗娟的大棚是用石棉瓦刚刚搭起来的，担心大棚漏雨，便从车里下来，走过去查看。他没带伞，走进大棚时，浑身上下早就被雨雪淋湿了。苗娟一家人怎么都没有想到，这么恶劣的天气沈书记还能来看他们。

苗娟的爸爸感动地说："沈书记，有你在，我们做父母的就放心了，没必要过来陪她了。"

沈浩说："这里条件差，孩子会吃不少苦的，父母能过来陪陪她，就是对她最大的支持，相信苗娟能干出一番事业。"

在沈浩的关心和支持下，大学生创业很快有

了起色。在他们的带动下,全村的大棚数量增加到一百多个,并成立了农村产品合作社和双孢菇协会。

土地风波

有一个设想,能否引导把土地流转到村集体,然后进行整理,按规划进行开发?小岗村最大资本,一是品牌,二是土地。能否引进一个开发商拿出两百亩土地进行开发?合作形式有两种,一是每亩三到四万元,一次性收取补偿费,这样就能拿到六百万至八百万元。用这个钱先付一年农民的地租,一百万元足够。然后余款投资合作,先建农家乐,吃、住、行、乐一条龙,这样就活了。二是每亩补偿两万元,每户一万元分成,五百户就五百万,加四百万,计九百万,更有利。

—— 沈浩日记(2008年12月2日)

这是一个大胆的设想。

为了招商引资，加快小岗村的发展速度，提高人们的生活水平，沈浩准备拿出几百亩土地，进行整体规划，流转给外来投资者，充分提高土地的利用率和产出率。换句话说，就是把土地利益最大化。

此设想一经提出，立刻遭到大多数人的反对，那些固守土地的农民，对此很难理解。

有人劝沈浩："你不要命了，这么做很危险。你不想想，收回土地，集体经营，这不是走回头路吗？全世界都知道，小岗村最早是靠解散大集体、实行家庭联产承包责任制起家的。你千万要慎重啊！"

沈浩说："我不怕！我这么做，有法可依，二〇〇三年三月一日实施的《中华人民共和国农村土地承包法》明文规定：农村承包土地，可以有偿、自愿流转。再说了，改革总是要担风险的，当年小岗村搞'大包干'，不也是冒了很大的风险吗？只要能使小岗村富起来，我愿意承担所有风险。"

为了说服那些心存疑虑的村民，沈浩带领村干部，一家家登门做思想工作，宣传中央关于土地流转的政策及土地流转后带来的收益……经过他们的努力，大部分村民提高了认识，土地流转顺利实施，吸引了很多企业前来小岗村投资。小岗村先后建了三百多亩蔬菜大棚，一百多亩葡萄园。

二〇〇八年十二月二十五日上午，美国GLG集团代表来小岗村考察，沈浩和副书记赵家龙出面接待，向对方详细地介绍了小岗村的投资环境和优惠政策。见面会一直持续到下午两点，沈浩陪客人匆匆地吃了饭，就马不停蹄地赶往凤阳县城，参加另一场投资洽谈会，直到六点才结束。

他刚想休息一会儿，就接到一个电话："沈书记，我是GLG集团副总裁，您现在有时间吗？我在明光市，八点钟想跟您见个面，有些工作上的事情需要沟通。"

沈浩立马说："我有时间，八点钟我一定赶过去。"

随行的副书记赵家龙提醒他："外面下雪了，

我们距离明光市有五十多公里，路不好走，还剩这么点时间，我们能赶到吗？"

沈浩说："既然答应人家了，就要做到，我们路上开快点，相信能及时赶到。"

天黑路滑，雪越下越大。路上的汽车都开得很慢，唯有沈浩的汽车开得飞快，风驰电掣般地驶向明光市。

赵家龙说："慢点开吧！下这么大雪，安全第一。"

沈浩说："慢了恐怕就要迟到了。跟外商打交道，一定要守时。"

赵家龙感慨地说："你可真是个拼命三郎啊！工作起来太拼命了！"

雪下个不停，车轮滚滚，卷起一路雪尘。晚上八点整，沈浩和赵家龙准时到达。副总裁很惊讶，她没想到，雪下得这么大，沈浩他们居然准时赶到了。沈浩也松了一口气，总算准时赴约。接下来的洽谈很顺利，副总裁代表GLG集团表示了对在小岗村投资的信心和决心。

二〇〇九年元月，GLG集团与小岗村签订了投资协议,共同成立"小岗村GLG新农业发展有限公司",下设凤阳县小岗村永美甜菊糖高科技有限公司、永和食品、永乐旅游、永康营养和永丰甜叶菊等七家公司。三年内,GLG计划在小岗村投资人民币十五亿元。

可是,沈浩又面临一个新问题。在GLG项目用地范围内,有二百零四座坟墓需要迁出。迁坟在农村可是件大事,尤其是家族墓地,牵涉人员众多,工作更不好开展。

为了顺利地迁坟,沈浩带领村干部们挨家挨户地拜访,动之以情,晓之以理。他还亲自带领几个村民,到江苏省镇江市龙山村考察。龙山村为了发展工业用地,迁了三次坟,在解决此类事情上有丰富的经验。事实证明,迁坟之后,村子的经济得到了发展,给大家带来了更大的益处。

经过这次考察,大部分村民解放了思想,开阔了眼界,不再坚持己见,心甘情愿地将祖坟迁走。

迁坟这天,阴雨连绵,为了抢时间,人们冒雨迁坟,跪拜先人。沈浩站在雨中,向迁坟的人举手抱拳，动情地说："谢谢你们，谢谢你们，我给你们的先人鞠躬了！"

沈浩频频鞠躬，在场的GLG副总裁被深深地打动了，禁不住流下了眼泪。

春节前的走访

腊月二十八,家家户户把面发。

快过年了,小岗村可谓几家欢喜几家忧。一些困难户,连年货都买不起。

这天上午,沈浩召集村干部开会,目的只有一个——帮助困难户过年。大家分头行动,买好年货,送到困难户家中。

这是一个大雪天,北风吹乱了雪花。纷飞的雪花缠绕着小岗村。家家户户的屋顶都变白了,袅袅炊烟与雪花交融,飘散在阴沉沉的天空中。地上到处都是雪,风卷起雪,撒开一片雪雾,天地间白茫茫一片。

街上行人极少,那些脚印都是沈浩他们留下

的。沈浩手里拎着两条鱼、几斤肉、一副春联，向程玉田家走去。

因为穷，程玉田五十多岁才结婚。还是因为穷，媳妇撇下两个孩子，不知跑到哪里去了。程玉田一个人又当爹又当娘，拉扯两个孩子，苦苦支撑这个家。而他的家简直不叫家，那是用几张石棉瓦支的棚子，夏天热，冬天冷，又漏雨，又进风。艰难的生活，让他和两个孩子苦不堪言。

前些日子，沈浩还到他家去过，看着冻得瑟瑟发抖的孩子，他难过地说："这是人住的地方吗？把孩子冻坏了怎么办？"

程玉田说："这不是穷嘛！有啥法子？"

沈浩说："我来想办法，一定解决你的住房问题。"

他回到办公室，就安排人去联系施工队，抓紧时间为程玉田盖间房子。

现在，程玉田已经住进了新房，条件比以前好多了，但日常生活还是有些困难。沈浩放心不下，亲自来慰问他。

程玉田激动地说："沈书记，您那么忙，不

用来看我了,我现在挺好的。这不都住上新房了嘛!"

沈浩说:"你的困难我知道,一个人抚养两个孩子不容易。过年总得像模像样,可别让孩子受委屈了。"

离开程玉田家,沈浩有些后悔,他忘了给孩子买两挂鞭炮了。

第二天依旧风雪交加,沈浩又顶风冒雪地去慰问困难户,一直忙到天黑。

晚上,雪停了,寒风凛冽,空气都透出凝固的寒意,月亮和星星都怕冷似的,躲进厚重的云层里了。地上的积雪,发出隐隐白光,映着漆黑的夜。

沈浩坐在办公室里,刚要喝口热水,突然想起一个叫韩德光的人,他在外地打工,不知回来了没有。还有几个贫困户,不知家里是什么情况。想到这里,他坐不住了,起身就往外走。刚到门口,就碰见了关正银。

沈浩说:"你来得正好,帮我打着狗,陪我去贫困户家看看。"

关正银说:"都这么晚了,你还要出去?白天不是都看过了吗?"

沈浩说:"白天是大家分头去看的,有几家我还是不放心。"

两人打着手电筒,借着微弱的光亮,走在雪地上。

咯吱,咯吱……

寂静的夜晚,长长的村街,响起他们的脚步声,悠远而清晰。

一进韩德光的家,沈浩就喊了一声:"韩德光回来了没有?"

韩德光的妻子说:"老韩还没回来,估计明天才能到家。"

沈浩问她:"年货准备得怎么样了?家里有什么困难吗?"

韩德光的妻子说:"割了几斤肉,买了两条鱼,够过年吃了。等老韩回来,我们再去置办点年货。"

沈浩说:"那就好。"

临走时,他又对韩德光的妻子说:"再坚持一下,小岗村会发展好的,往后老韩就不用出去打工了。唉!这大过年的,连个人影都见不着,让家里人盼星星盼月亮的。不过你放心,我会尽最大的努力,让大家都过上好日子。"

沈浩和关正银又走进茫茫的黑夜,咯吱咯吱,他们的脚步声,让人觉得那么亲切。

风雪夜归人

大年三十，鞭炮声声。

一场大雪无声地飘落，覆盖了田野和村庄，到处一片白茫茫。小岗村喜气洋洋，家家户户的门上贴着春联，在雪中透出一点点红，如鲜艳的花丛，增添了节日的气氛。

转眼间，这是沈浩到小岗村工作的第五年了。每年的这一天，他还放不下手头工作，要么在小岗村忙到很晚，才赶回合肥老家和亲人团聚；要么干脆不走，留在小岗村过年。

去年的春节，沈浩忙得回不了家。今年，他只回去了一次，还是借着去合肥考察的机会，回家看了一眼，却没想到母亲当时已经生病住院半个月了。

沈浩问妻子："母亲生病了，你怎么不告诉我呢？"

妻子擦着眼泪说："这不怕你分心嘛！没敢告诉你。"

女儿沈王一说："爸爸，这次你能在家多住几天吗？"

沈浩摇摇头："孩子，小岗村有一堆工作等着爸爸去做。等忙完这阵，我一定回来多陪你们几天。"

女儿小嘴一噘，不高兴了。沈浩叹了一口气，他内心十分愧疚。作为儿子，他对不起母亲；作为丈夫，他对不起妻子；作为父亲，他对不起女儿。

几天前，沈浩就打算，就算忙到大年三十，也要赶回家去陪家人过年。可是今天就是大年三十了，他手头还有很多工作，不知要忙到什么时候。其实，他完全可以暂时放下这些工作，回家过年。但沈浩就是这样一个人，他从来不会因为自己的事而不顾公家的事。身为小岗村第一书记，他的心里时刻装着小岗村，小岗村就是他的第二个家，小岗村的男女老少就是他的亲人。

寒风凛冽，他在漫天飞雪中一家家地串门，走访困难户。俗话说：难过的日子，好过的年。但是，沈浩想尽最大的努力，让大家不仅把年过好，还要把每一个平常的日子过好。

快到晌午了，手头的事终于忙完了，沈浩松了一口气。他收拾了一下东西，准备回家过年，一打开门却发现门口站着一个人，原来是邱世兰老大娘，她今年八十五岁了，是"大包干"带头人关廷珠的遗孀。

关廷珠是一个让人敬重的人，他脑子灵活，办法多，胆大心细，为人厚道。当年，小岗村的生产队为了寻找出路，请他拿个主意。关廷珠说："路只有一条，实行责任田，搞'大包干'。"

后来，关廷珠率先在"生死契"上摁下自己的手印，并且，他还代替在外讨饭的侄子摁了一个红手印，是唯一摁了两个红手印的人。尽管前途未卜，但为了填饱肚子，过上好日子，小岗村人豁出去了。那时的场面有些悲壮，但却换来了美好的明天。

如今,关廷珠老人已经去世多年,邱大娘身体还算硬朗,头脑清晰,办事不糊涂。平常遇到什么事,她都会来找沈浩,在她的心目中,沈浩是一个值得信赖的人,是小岗村的好书记。

邱大娘说:"沈书记,你还没回家过年啊!看你忙得,都顾不上回家了。"

沈浩急忙扶她进屋,问:"邱大娘,您怎么来了,有事吗?"

邱大娘说:"沈书记,我没啥事,就是想请你到我家去吃年饭。"

沈浩说:"大娘,谢谢您!您的心意我领了,要是没别的事,我就回合肥老家过年了。"

邱大娘一脸不高兴地说:"那可不行,我从来没请过村干部吃饭,今天说啥你也要到大娘家吃顿饭。这大过年的,你为了大家伙儿,都顾不上回家了,大娘看着心疼。"

沈浩心里一热,跟着邱大娘回家了。

邱大娘的家并不宽敞,但收拾得干干净净。她虽然年事已高,但生活上还能自理,平时一个人做饭，锅碗瓢盆一应俱全。不过这一次，为了请沈浩吃饭，邱大娘特意将娘家的侄女请来当帮手。她的侄女心灵手巧，烧得一手好饭。

在邱大娘家吃完中午饭，沈浩又去给几位"大包干"带头人拜了年，这才开车往家赶。

通往合肥的公路，落了一层雪，结了一层冰。虽然他归心似箭，但为了安全，不得不放慢速度，开着车小心翼翼地前行。透过车窗，他看见远处的几个村庄被大雪包围了，轮廓模糊，依稀可见炊烟升起，隐约传来稀疏的鞭炮声。地上的雪，铺向远方。天上的雪，像跑出来玩耍的精灵，不停地飞落到所有角落。下吧，瑞雪兆丰年，沈浩心里想。

风雪迷蒙，回家的路遥远而苍茫。想想远方的家，想想身后的小岗村，沈浩加快了车速。他知道，在家待不了多久就要赶回来，但他毫无怨言。来回奔波，都是为了让更多的人过上幸福的生活。

沈浩回到家中，已经是半夜了。一家人都在等他一起吃团圆饭，沈浩歉疚地向家人赔笑脸。

母亲问他:"今天过年,咋回来这么晚?"

沈浩说:"邱大娘非要请我吃顿年饭,她一个老人家,我正好陪她过过年。"

母亲点点头,说了一个字:"好!"

妻子和女儿问他:

"在家能待几天?"

"这回是不是能多住些日子?"

沈浩犹豫了一下,满心愧疚地告诉她们,明天就要返程。他心里一直牵挂着两件事:一是村里的蘑菇大棚,遇上这场大雪,会不会出什么问题?二是大严村还有几户危房,不会被雪压垮了吧?

来也匆匆,去也匆匆。

第二天,他告别亲人,赶回小岗村。母亲恋恋不舍地望着他远去的背影,说:"他是公家的人,就应该多为公家做事。"

在当天的日记中,沈浩写下这样一段话:

昨夜下了一场雪,这是入冬以来的第一场雪。早上7点钟就收到了县委宣传部马顺龙的信息,说今天中央电视台两名记者要到小岗采访。昨天李书记打电话说范县长收到信息,有农民工拿不到工钱要上访,要做工作。还有省文联组织文艺下乡到小岗,明天下午要如期举行,等等。所以今天要回小岗。妻子女儿阻拦,说天气不好,道路难走不让走。但有许多工作要做,还是得走。妻子吻别,千叮万咛要小心,并嘱咐到(小岗)时给个电话报平安。(我)答应后就下楼了,到楼下,车门冻住了,开不开。又让妻子提热水下楼浇一下锁后才打开。刚出小区院子,就见有行人跌倒了,门口下坡时,更是有人骑车摔跤,还有汽车相擦,预感到小岗一路肯定难走。一路艰难出城,车速控制在每小时五六十公里。过了肥东八斗时,只见前面一辆"马六"车打滑左右失控,急忙加速从左超过!但前方又来了一辆三轮,我只得右打方向,但倒车镜还是碰撞了,车子却往左行,只好再急打右行,但已失控,剌(驰)到路边的沟里了!这时"马六"车和一辆大客车驶过,十分危险!车子这时夹在树中间,门也打不开。我只好慢慢爬出了窗外,请老乡把左前的杂松树砍掉，又帮忙加油才上到路上，我给了老乡一百块钱。这时马顺龙又催何时能到。我继续赶路，但车子已无暖风，温度到警戒线。坚持到定远县城南修理店，加足水，没开几米又不行。又到一家修理厂，换了防冻液仍不循环，说是水泵坏了，又换泵。师傅去拿水泵两个小时不还，饥寒交迫。电话在催。开车时，天又飘起雪花……回到小岗已是半夜，想想惊魂一幕，实在难以入眠……

天寒白屋贫，风雪夜归人。

半夜，风吹雪花，寒气袭人。沈浩回到小岗村，早已疲惫不堪。他坐在小屋里，回想一路的遭遇，仍然心有余悸。回味一家人在一起的短暂时光，思绪万千……

白发亲娘

沈浩准备到小岗村上任时,曾对母亲说:"娘,儿子去小岗村工作,不能好好照顾您了,您可要多保重啊!我会抽空回来看您的。"

到了小岗村,他一心扑在工作上,除了过春节,平时很少回家。即便是过春节回家,他也待不了多长时间。除了陪母亲说说话,有一件事,他总是提前做好准备——将一些崭新的零钱,有五元的,也有十元的,用手绢包好,放在母亲的枕边。一有人来拜年,母亲就摸出几张,送给人家当作压岁钱。每当这时,母亲就乐呵呵的,比什么都高兴。

沈浩对别人说:"我小时候家里很穷,过年的时候，母亲都拿不出压岁钱，她心里很难受。现在生活好了，我就给母亲弥补一下这个缺憾，让她开心一点儿。"

有一次，他和副书记张秀华去山东平邑县的研究所洽谈一个投资项目，返程的时候，张秀华说："我们正好走合徐高速，你可以转个弯，到萧县老家看望一下老母亲。"

沈浩说："下次吧！我们明天一早还有接待任务。"

张秀华说："我们一起到外地考察，不止一次经过你家了，可你一次都没回家，总是说下次下次！"

沈浩说："下次我们不是要去徐州考察项目吗？到时候我一定顺道回家看看老母亲。"

不久，沈浩和张秀华去徐州考察，回来的路上，张秀华说："这次你该回家看看了吧？"

沈浩犹豫了一下，说："好！我们快去快回，还有一大堆事等着我们呢！"

回到萧县老家，沈浩像个孩子般一下子扑到母亲怀里："娘，儿子回来看您了。"

母亲双手捧起他的脸:"回来好!回来好!快让娘看看,是不是又瘦了?"

沈浩说:"娘,您放心,儿子能吃能睡,瘦不了。"

沈浩看向院子,正是春天,空气清新,微风轻拂。明媚的阳光洒满小院,花草树木,生机勃勃。蝴蝶翩翩飞舞,喜鹊落在枝头,发出一阵阵欢快的叫声。

沈浩对母亲说:"娘,天气这么好,我扶您到外面坐坐。"

他扶母亲坐好,拿来梳子,为母亲梳头。他轻轻地梳着,和母亲说着话。然而,沈浩无法待太长时间,他对母亲说:"娘,儿子得走了,还有些事要去做,下次抽空我再回来看您。"

母亲拉着他的手,久久不肯松开。

沈浩背过身去,擦起了眼泪。

沈浩告别老母亲,匆匆上路了。他不敢回头看,怕控制不住泪水。此刻,老母亲拄着拐棍,站在门口,一直目送他远去。

沈浩的心里,无时无刻不牵挂着老母亲。晚

100　中华先锋人物故事汇　沈浩

上做梦都梦见她,梦境几乎都是一样的——白发苍苍的老母亲,念叨着他的乳名,拄着拐棍站在大门口,逢人就问:"看见俺家明月没有?我想他了。"梦醒时,沈浩泪水涟涟。

他在心里一声声地叫着娘:"娘,娘,儿子天天想您。"

这天晚上,沈浩又梦见了老母亲。第二天,上海高胡粮油公司的董事长约他到合肥见面,洽谈一个在小岗村投资的葡萄深加工项目。

他和赵家龙赶到合肥,已经是晚上七点了。他们在董事长一行人下榻的宾馆,一直谈到十一点多才结束。沈浩和赵家龙准备赶回去,董事长说:"都这么晚了,就在宾馆住下吧!明天再走。"

沈浩面露难色,这可是五星级宾馆,住一晚上得花不少钱,太让人心疼了。他不舍得花这个钱,便找了个借口,对董事长说:"我家就在萧县,我正好回家看看,住上一晚。"

走出宾馆,赵家龙说:"沈书记,你回家吧!我去找个招待所住下。"

白发亲娘

沈浩说:"你也别住了,我也不回家,咱们赶快回村准备一下。董事长明天不是要到萧县的葡萄酒厂考察吗?"

赵家龙说:"这都几点了?你不累呀?"

沈浩说:"现在,小岗村的事千头万绪,投资这种事,机会稍纵即逝,我们可要紧紧抓住啊!一刻也不能放松。"

赵家龙说:"那也不能把人累坏了呀!你看你整天忙得连轴转,当心身体呀!"

沈浩说:"那好吧!咱们就在这里休息一会儿再走。"

他拿起一块抹布,擦起车窗,一边擦一边想昨天晚上那个梦。家,近在咫尺,可他不能回家。不一会儿,他就把车窗擦得干干净净。

"上车吧!"他对赵家龙说。

"这就算休息啦?"赵家龙摇摇头。

灯火阑珊,树影摇曳。合肥的街头静悄悄的,几乎看不到一个行人。在浓浓的夜色里,沈浩驱车上路了,他们赶到小岗村时,声声鸡叫传来,天快亮了。今天,他要去萧县考察,不知有没有时间回家一趟。他不愿再想这件事了,坐在办公桌前,埋头整理文件。

又到年底,元旦联欢晚会上,沈浩点了一首《白发亲娘》,唱出了自己对老母亲的思念之情:

你可是又在村口把我张望,你可是又在窗前把我默想,你的那一根啊老拐杖,是否又把你带到我离去的地方……

黑珍珠

小岗村有种植黑豆的历史,现在,村里有更多的土地种了黑豆。春天时,蝶形的小花连成一片,点缀着无边的田野,堪称一道美景。

沈浩刚来小岗村上任时,就特别关注黑豆的种植和销售情况。黑豆快要丰收时,他经常在田野上转来转去,紧皱眉头,苦苦思索黑豆的出路。

黑豆有"黑珍珠"的美誉。小岗村种植的黑豆,销售渠道主要依赖于出口,这两年价格下跌,影响了村民的收入。一粒粒黑豆变成一块块石头,压在沈浩的胸口,成了他的一块心病。

他思索良久,无论多么困难,也一定要把黑

豆的销量和价格搞上去，让一粒粒黑豆变成一粒粒黑珍珠，为种植黑豆的村民们增加收入。

为解决黑豆的问题，沈浩四处奔波。他打听到合肥有一家禾味食品有限公司，以黑豆为主要原料，经营豆制品。二〇〇八年十一月四日上午，他带领几名村干部，前去考察并寻求合作。当天下午，他又赶乘飞机，从合肥飞往西安，参加"中外农民创业论坛"。三天后，会议一结束，他又乘坐飞机，飞回合肥，赶到禾味食品有限公司，草签了一份合作协议。

傍晚，天空下起了雨，寒气袭人。他望着连绵的冷雨，簌簌的落叶，想起了温暖的家。他在合肥，家近在咫尺，他多想回家住一晚，跟妻子和女儿团聚。可是，小岗村还有一大堆工作等着他，他明天一早必须召开会议，和村干部们制订一套黑豆供应方案，以便与禾味食品有限公司加深合作。时机不等人，很多事情迫在眉睫，他只能在心里对自己说：下次吧！以后来合肥的机会多着呢！下次再回家看看。就这样，他冒着雨连夜赶回小岗村。

沈浩经过不懈的努力，终于使小岗村跟禾味食品有限公司联手，创立了"小岗村"牌黑豆食品。随着黑豆食品的顺利投产，黑豆的需求量大大增加，基本上解决了小岗村及周边村镇的黑豆销售问题。但沈浩并不满足，他一直在为黑豆寻找更多的出路，因为他意识到黑豆是个"宝"，其蛋白质含量极为丰富，被称为"植物蛋白之王"。而小岗村的黑豆种植面积已经达到一定的规模，如果能进行科学加工，充分挖掘黑豆的潜力，使之形成产业化，那么黑豆将会给小岗村的村民带来更多的收益。

沈浩的思路越来越清晰，他相信只有依靠科学，农业才有更大发展，黑豆花才能开得更加喜人，黑豆才能变成真正的黑珍珠。

二〇〇九年八月二十二日，沈浩得到一个好消息，江南大学食品学院有一位教授，是研究豆类食品的专家，在业内享有盛名。如果能得到他的支持，小岗村的黑豆，无疑又找到一条新出路。沈浩看到了希望，非常激动，他立即和赵家龙一起，带上小岗村的黑豆样品，来到江南大学食品学院求教，希望教授带领专业技术团队，研发黑豆食品，为小岗村的黑豆谋划一条出路。

教授被这位来自"中国改革第一村"的当家人深深打动了。他当即决定，免费化验小岗村的黑豆样品，根据其营养成分，做出科学的深加工方案。

不久，江南大学食品学院完成了《小岗村黑豆深加工项目建议书》，沈浩开始了小岗村黑豆深加工项目的专项招商引资，吸引了众多企业和投资机构的参与。

小岗村的黑豆，在这片沃土上，深深地扎下了根。

翻跟头

见到女儿架了一副眼镜，人也长高了，心里感到很难过，从来没有过这种对不起女儿的滋味，看着她进教室上课去的刹那，更是酸楚涌上心头。女儿受苦了，但女儿长大了。

—— 沈浩日记（2008年2月）

沈浩的女儿，学名叫沈王一，乳名叫汪汪。她长得很漂亮，一双明亮的眼睛，笑意盈盈，目光如水般清澈，脸上总是挂着微笑。她聪明可爱，落落大方。沈王一这个名字很有趣，是沈浩起的，不言而喻，她是沈浩和妻子王晓勤的唯一。

沈浩去小岗村上任那年，女儿刚满十岁，上小学五年级。她一开始不知道小岗村在哪里，离家有多远，以为爸爸跟平常一样去上班，只不过换了一个单位罢了。后来，她听说小岗村是一个偏远的农村，条件很差，爸爸要在那里当村干部，一当就是三年，回家的时间很少，她就不高兴了，拉着沈浩的手说："爸爸，您去的那个地方太远了，以后就不能天天在家陪我了，您能不去吗？"

沈浩说："汪汪，我的乖女儿，这是爸爸的工作，那个地方需要我啊。等爸爸安顿好了，就多找时间回来陪你。"

沈王一说："您可要说话算话。"

她跟爸爸拉钩，沈浩的心里很不好受，他很清楚，这一去，回家的时间就少了。他对女儿的承诺，恐怕兑现不了。但是，为了安慰女儿，他只能这么说。

有一件事，沈王一不明白，就问爸爸："村干部是个什么官呀？有多大？"

沈浩哈哈大笑，刚要回答她，妻子王晓勤抢

着说:"这村干部呀,是个很大很大的官,领导村里所有的人。"说完,她也笑了。

沈王一信以为真,她对爸爸说:"您等我一下,我有礼物要送给您。"

她回到房间,拿出一张自己的照片,在背面写上一句话:"我爱您,爸爸!祝您身体健康,万事如意,还有,别做贪官!"

她把照片送给爸爸,说:"想我了,您就看看我的照片。"

多么懂事的女儿呀!沈浩心中一热,用力抱了抱女儿。

沈浩出发了,带着对亲人的思念,踏上了新的征程。从此,为了使小岗村走上富裕之路,他舍小家,顾大家,呕心沥血,风雨兼程。

光阴似箭,转眼间过了几个月,沈浩忙于工作,起早贪黑,全部心思都用在小岗村的发展上,一次都没回家。家,只能装在心里,留在梦里。

这天,沈王一生病住院了。虽然妈妈陪在她身边,但她还是觉得有些孤单,希望爸爸能回来。妈妈说:"我一早就给你爸爸打电话了,估计他快到了。"

可是,沈浩忙于接待客商,直到傍晚才从小岗村赶回合肥。他对沈王一说:"爸爸太忙了,回来晚了。"

沈王一生气了,把头扭向一边。

妈妈说:"爸爸跟你说话呢!快叫爸爸!"

沈王一小嘴一噘,说:"我没有爸爸!"

沈浩轻轻地抚摸着她的额头,眼泪涌了出来。"对不起,我的乖女儿,爸爸欠你的太多了。"他哽咽地说。

"爸爸!"沈王一哭了。她抓住沈浩的手,再也不肯放开,生怕爸爸走了。

王晓勤站在旁边,眼泪止不住流了下来。一家三口紧紧地相拥在一起,泪眼婆娑。同病房的人见此情景,唏嘘不已。当他们得知沈浩在小岗村任书记时,都忍不住摇头叹息:"可苦了这母女俩了。"

转眼到了二〇〇九年,三月七日是沈王一的生日。妈妈告诉她,爸爸准备回来给她过生日。沈王一高兴坏了,可她不敢相信,爸爸总是那么忙,他真的能专程赶回来给自己过生日吗?

放学后,沈王一站在学校门口等啊等,一直等到十二点,还不见爸爸妈妈的身影。难道爸爸妈妈不给她过生日了吗?她倚在校门口,两眼一眨不眨地望着远处,心里失望极了。又过了一个小时,爸爸妈妈才急匆匆地赶过来。

沈王一噘着小嘴,生气地说:"以为你们不来了呢!我在这儿等半天了。"

沈浩说:"都怨我,上午接待了好几拨客商,耽误时间了。"

一家三口来到草坪上,沈浩亲自动手为女儿切生日蛋糕。可是,沈王一还是满脸不高兴,坐在一边一句话也不说。沈浩为了哄她开心,竟然在草坪上翻起了跟头。他毕竟四十多岁了,腿脚不是很灵活,翻跟头时跌倒了几次,显得很狼狈。沈王一被爸爸逗笑了,急忙跑上前,将爸爸搀扶起来。

"生日快乐!"沈浩气喘吁吁地说。

"爸爸!"沈王一的眼里噙满泪花。

绿草如茵,笑声不断。春天的气息,在柔和的风中飘荡。

114 中华先锋人物故事汇 沈浩

永远的红手印

不知多少次,沈浩凝望着凤阳鼓楼,耳畔响起凤阳花鼓声:

说凤阳,道凤阳,凤阳是个好地方,自从出了朱皇帝,十年倒有九年荒……

过去的凤阳,男女老少背井离乡,敲着花鼓沿途乞讨,四处流浪……

虽然历史翻过了沉重的一页,但是,辛酸的记忆永远抹不去。而今,这块古老而贫瘠的土地,以巨大的勇气开出第一朵改革之花,不知要用多少心血和汗水来把它浇灌。

面对凤阳鼓楼,沈浩暗暗发誓:再苦再累,也要让小岗村摆脱贫穷的命运!

一天又一天,一年又一年。对于沈浩,怎一个累字了得!渐渐地,他的身体每况愈下,积劳成疾。

他在一篇日记中写道:

感觉腰及小腿酸痛,只觉是阴天身体的正常反映(应),昨日和今日又出现,特别是昨天夜里,几乎难以入睡。今天早上尚好,但劳累一上午停下来又发作,中饭后加重,躺卧不是。为注意身体健康,特做此记录。

他提醒自己注意身体,可是一投入到工作中,他就顾不得自己的身体了。为了小岗村的发展,他甘愿舍弃一切。

在一次体检中,沈浩查出心脏有点问题,医生建议住院治疗,可他却说:"住啥院?多耽误时间啊!还有一大堆事等着我呢!"

他坚决不住院,回到村里就忙开了。大家劝

他:"身体要紧,你这么拼命工作,身体会吃不消的,就算不住院,也应该多休息。"

沈浩说:"每天有多少事需要我处理啊!哪还顾得上休息!放心吧,我这身体没事。"

他一天要处理多少事呢?看看这段日记。

午餐,没吃上几口就不想吃了,到房间还没躺下,张长民夫妇来了,说没贷上款,便又给沈立志打了电话,答应统一考虑。家乐来要工程款,说要建房子。马武何反映他们村的选举情况。聊时分析了有关情况,马武何继续说情况,讲了利害及让其关注动态。他走后,马启又来了。分析了一下形势,看来情况还不那么简单。下午4:30离开到合肥,晚7:30到省委接钱总到百花宾馆。太疲劳!

这是沈浩最为平常的一天。他的每一天,只有一个字——忙。

二〇〇九年十一月五日,天还没亮,有人因急事来找沈浩,却发现他早已起床去了村委会,准备迎接山西来的考察团。一上午,除了接待远来的客人,还有三拨村民陆陆续续来找他解决问题。沈浩刚把最后一拨人送走,小溪河镇的镇长来了,还没说上几句话,滁州市军分区的人就来商谈在小岗村建立"国防教育园"。他刚要陪着军分区的人去实地选址,枣巷镇党委书记又来谈合作,淮南市的企业家来谈投资……

中午吃饭的时候,大家发现他脸色不好看,也吃不下饭,就劝他回去休息一下,沈浩说:"哪有时间休息啊?一堆事在等着处理。"

下午三点多钟,他在会上坚持不住了,脸色苍白,呼吸困难,眼睛都快睁不开了,说话也很吃力。村干部张秀华一看他都累成这样了,急忙上前拉起他说:"沈书记,今天就到这儿,你必须回去休息!"

张秀华把他送回住处,见他躺下睡了,便带上门走了出去。第二天早晨,淮北大地,北风呜咽,千里冰封。沈浩静静地躺在那间简陋的小屋里,再也没有起来……

凤阳鼓楼,似在微微颤抖。曾经,那双凝视

它的眼睛,轻轻地闭上了。

小岗村陷入巨大的悲痛之中……

小岗人又一次为他按下了红手印,他们舍不得沈浩离开,想把他永远留在小岗村。

他的妻子王晓勤,哭喊着他的名字……

他的女儿沈王一,哭喊着爸爸……

所有小岗村人,哭喊着沈书记……

……

他的墓碑前,哭声一片,感天动地!

二〇一〇年一月二日,沈浩被评为"感动中国十大人物",四十四万多网民为他投票,用鼠标按下了一个个"红手印"。

纪念沈浩,就要把女儿培养成才

沈浩走了,他的妻子王晓勤怀着深深的思念,诉说着沈浩的故事。故事里有沈浩的音容笑貌,有他成长的历程,有他在小岗村奋斗的身影,有一家人生活的点点滴滴,有白发亲娘,有贤惠的妻子,有懂事的女儿,有欢笑,有泪水,还有不灭的信念。

沈浩这六年中,为了小岗村的致富和发展,把他的青春和生命全部献给了小岗村,献给了小岗的乡亲们。但是在家庭中,作为九十多岁老母亲的儿子,作为我的丈夫,作为他十几岁女儿的父亲,他似乎是"不合格"的。这六年中,他母亲、我、我女儿的生日,他几乎没给我们很好地过过一次。我的生日是六月七日,女儿是三月七日,他就说,干脆,三八妇女节就算你娘儿俩的生日,搁一块过吧。老母亲年过九旬,旧社会过来的老人,不知道确切的生日,沈浩就说,那就按重阳节给妈妈过生日吧。重阳节那天,他因村里琐事多,很少能及时回来。连"大包干"带头人严宏昌都说,这几年,从内心说,我们对不起沈浩。人家上有老母不能孝敬,中有有病的妻子不能陪伴,下有正在读中学的孩子不能照顾。

在我们家庭的三位女性中,沈浩头一个放在心上的,是他的老母亲。沈浩是个孝子。在老母亲的眼中,沈浩永远是个小儿。母亲不叫他的名字,还一口一声"乖乖"地叫他,叮嘱他:"乖乖,去了就要把人家的事情办好。"沈浩对我说,他有时在梦中醒来,第一个觉着对不起的,就是老母亲。老母已是九十多岁高龄了,就算你沈浩天天在堂前孝敬,日日在膝下侍奉,老人家还能跟你多少时日?古话说:"忠孝不能两全。"他对他娘说:"娘啊,为了党组织上的嘱托,为了小岗的事业，孩儿只有不孝了！娘，小岗虽然只是一个村，但它又不是一般的小村子，它是一个中国的名村，小岗的大旗不能在儿子手里倒下！娘，为儿也有为儿的难处啊！"有一年夏天，他赶回来看他娘。他爱给他娘梳头。他太累了，梳着梳着，他往娘的身边一躺，就睡着了。他的老母亲，就拿着芭蕉扇子，替他轻轻地扇着，一边嘴里不住地念叨着："乖乖累了，乖乖黑了，乖乖瘦了。"老母亲一夜没合眼。真是可怜天下父母心啊！

沈浩是一九八四年考上铜陵财经专科学校的。在学校里，沈浩就是一个优秀的学生，荣获"三好学生标兵"，还在学校入了党。我比他大一两岁，平时在家中，什么事都是我把他服侍得好好的。乍一下去，他还有点不习惯，当然，农村条件也相对要差一些。刚到农村的那个夏天，有天晚上特别闷热，他点上蚊香也无法入睡，就打电话给我，操着一口淮北家乡话说："我的娘！这里的蚊子都有寸把长呢！"我就安慰他："再忍两个小时，天就亮了。"他住的地方，条件很差，西晒，冬冷夏热。可他毕竟是农民的儿子，他的血脉里终究还流淌着农民的血液。他终于坚持下来了，并且很快融入小岗的村民和小岗的事业之中了，而且干得不赖。当年亲手写下"大包干""生死契约"的严宏昌，串联小岗村村民给上级写信，要求把沈浩再留任三年！

我们一家谁也没有这个思想准备！老母亲不愿意，她老人家见不着她的"乖乖"，念叨他；女儿也不愿意，哭！最后还是我一锤定音：男人嘛，总得干点事业。

于是，他在小岗又干了三年。他是省委那批下派干部中唯一又留下来的一个。

今年春天，单位体检，沈浩查出心脏有些毛病。我说得好好去查一查，他说行，抽时间去，可他再也没有抽时间复查一下，老是说没空没空。

今年九月间，听说小岗人又要继续留他。严宏昌留他三年觉得对不起沈浩了，这回他没有出头。健在的十二位"大包干"带头人中有九位发起，结果有一百八十六位村民出面，要求再把沈浩留在小岗!

村民们的这些活动是瞒着沈浩做的,但是没有不透风的墙。十月间,我们听到了风声。我问沈浩,可有这个事?有什么打算?

沈浩说:"小岗的事业现在刚刚起步。如果上级同意我留下来,我还是愿意再干下去的。"

我说:"那你就不想回来了?"

他说:"我真的很留恋小岗,将来死了,都愿意埋在小岗!"

他和我说的是"将来"啊!谁承想,没过几天,他就真的永远留在小岗,撇下我们娘儿仨,再也不回来了!

转眼间,我们的女儿出落得亭亭玉立。每每看着女儿,沈浩总是深情地告诉我:"这就是我沈浩的财产——无价宝!"女儿叫沈王一,就是沈浩和我王晓勤唯一的宝贝。可惜他在小岗的工作刚有点起色,忙前顾后,照顾不了女儿。有一次女儿生病了,而且还病得不轻,需要住院。女儿很害怕,希望爸爸能在身边。但沈浩没有及时赶来,女儿非常失望,也很生气。后来沈浩来了，我对女儿说："你爸来了。"女儿气得把头一扭："我没有爸爸！"沈浩一声不吭，愣在旁边，眼泪一下子流了出来！男儿有泪不轻弹。沈浩流的是对女儿愧疚的眼泪啊。结果，他父女俩抱头痛哭。我看到这个情景，也止不住流泪。一家三口哭成一团，弄得病房里病友不知我们之间发生了什么事情。

女儿常对我说，妈妈，虽说我们家房子很大，可爸爸不在家，总觉得家里冰凉冰凉的。我更有这种感觉，我安慰她，快了，等你爸爸回来就好了。

可是沈浩啊沈浩，你却撇下我们再也不回来了！小岗人说，你走了，村里的顶梁柱倒了。是啊！你走了，我们家的主心骨也塌了。你把家里那种冰凉的感觉永远留给了我们……

得知你去世的消息，我和女儿不能相信。我们匆匆赶到凤阳县殡仪馆，你静静地躺在那里，竟用这种独特的方式迎接我们。女儿不顾一切地扑到你的身上，在你冰凉冰凉的脸上亲着，吻着，哭叫着："爸爸你起来！我们一起回家吧！"

女儿啊,你的爸爸他再也回不了家了啊。女儿撕心裂肺般地哭喊,让周围的男人们也都一个个陪着流泪。

应小岗乡亲们的要求,我同意把沈浩安葬在小岗。这样也很好。他爱小岗,小岗的乡亲们也爱他。这样,他在那里不会孤单。

沈浩为小岗而死,为人民利益而死,就是死得其所。我们今天怀念沈浩,就要继承他的遗志。我要把悲痛化为力量,我要把女儿抚养成人、培养成才,使她将来成长得像她爸爸一样,成为一个对国家、对社会有用的人。只有这样,才能对得起他的在天之灵。

沈浩为小岗累了六年。他太累了。他该好好休息一下了。

沈浩,你静静地睡吧。

妻子 王晓勤
2009年11月24日

给爸爸的一封信

因为思念爸爸,沈王一常常在梦中哭醒。在她的心里,爸爸还活着,只是在一个很远很远的地方,只是他太忙了,没有时间回家。女儿想爸爸了,就给他写信,给他留了门。她盼望有一天,爸爸突然就回来了。

爸爸:

昨晚我又见到你了。你说:"女儿,爸爸不能常来陪你,我很忙,但是我很疼你的,知道吗?"我点头,说是的。你拭去我的泪水,说:"小狗狗,你爸爸是最棒的。"我轻笑。你总是那么自负。我故意逗你:"嗯,当个农村大队长有什么了不起的？"你骄傲地说："你同学中有谁的爸爸被总书记接见过，嗯？你爸这是第二次被总书记及中央领导同志关心了呢！"

我完全醒了，泪水模糊了我的双眼。是的，爸爸走了。我要感谢胡总书记，是他在第一时间做出重要批示，表示对我们家的关心和慰问。省内外各地关怀的信件像雪片一样飞来。8日晚上，省委、省政府、滁州市委、凤阳县委领导专程来家悼念，还有爸爸的同学、天南地北的朋友。之前我妈总笑话老爸，连十个朋友都没有。我偷数了一下，来悼念老爸的朋友不下七百人，来自五湖四海，其中竟然还有来自大洋彼岸的美国朋友张文女士呢。我真为老爸高兴。

回想和老爸在一起的岁月总是那么难忘。奶奶前后和我们生活有十几个年头了。有时候我会对奶奶有不耐烦的情绪。老爸总是说："没有奶奶，哪有爸爸？没有爸爸，哪有你？你今天的一切都要感谢奶奶。"我总不认同爸爸的观点，和他憋着劲干。翻看老爸的遗物和日记，我真懂了"百善孝为先"的真谛。我又看到老爸在读杜甫的《月夜》:"今夜鄜州月,闺中只独看。遥怜小儿女,未解忆长安。"爸,你好偏心,总惦记妈。记得有次一大早,你萧县的朋友周伯伯和刘妈妈到家里来,说你提起自己有阵子不能回家,晓勤感冒了,麻烦他们帮你去家里看看。他们驱车几百公里,真的来家里看我们。还有六十九岁的温老、刘奶奶,总是带信来问我们可有事情。还有你家乡财政局的旧友、在凤阳和你曾经一起工作的海燕大妈及先聪叔叔,等等。我现在和妈妈做伴,晚上一同睡,你就放心吧!

下午贾大妈和王伯伯一起来送吃的,又说到了你。提起请你吃饭,主食是韭菜盒子,当时你吃着吃着就哭了。你说小时候过年都吃不上韭菜盒子,爷爷疼你,上房把草掀下来卖了给你买烧饼。老爸,我懂你的农民情结,只是还不理解吧。现在我长大了,终于懂得了你的感情、你的善良。好一个"君自故乡来,应知故乡事"呀。

说起哭,老爸,我还真想到你的三次哭呢。记得小学第一学期,同学有的入了少先队。我沮丧地垂着脑袋回到家,你问我怎么了,我告诉你我没入上少先队,你一把抱起我说:"我沈浩的孩子是最棒的。这次不行,下批肯定能加入。"你的泪水夺眶而出,我诧异地问:"怎么了,爸?"妈及时讲:"你爸噎着了。"我那时不懂,没吃东西怎么会噎着了呢?长大了我才知道,那是老爸血浓于水的暖暖爱意。老爸!我好想让你再抱我一次呀!

记不得几岁时,我得了肠道结住院灌肠,小手推着医生不让动。你在一旁又急又气,医生也无计可施。你看着女儿痛苦难耐,要和医生急,还是妈在一旁要你冷静。

老爸,我和你一样,都是左背上长颗痣,右脸太阳穴上有一颗痣,长的位置一样,连我们的性格都一样:有点自负,个性有点张扬,不会变通。老爸,我们就是这样我行我素。正如鲁迅先生所说:"无情未必真豪杰,怜子如何不丈夫?"老爸的最后一次落泪是我到萧县读书,天天诉苦喊受不了了。你拎着水果、拿着牛奶抽空来看我,教育我吃苦是福。临分别时,我看到泪水在你的眼眶里打转。我强忍住,视而不见。我怪你狠心将我丢在条件这么艰苦的学校。老爸,我现在想恨你都没有机会了!你来教育我吧,哪怕是骂我也好啊,老爸!家里每次吃饭的时候,妈都为你盛上饭,夹上菜,放在你常坐的位置那儿。而每次吃饭时妈总叫我到客厅或卧室拿这找那。坐定后我总能看到你的饭菜少了很多,冥冥中觉得老爸是吃完走了。等我吃完,妈叫我把桌上的饭菜收拾掉。我知道是妈的良苦用心。我问:"爸的饭呢?"妈说:"你爸最会浪费了,吃不掉还贪多,每次总要剩一口,意思是来年再吃。"我知道那是爸小时候吃不到所致。

老爸,我在叹息失去你时,我得到了由中宣部新闻局刘汉俊叔叔带队的二三十家主流媒体的记者带来的关爱。其实,在数目上我还是赚的呢。失去一个,得来很多。爸,你都不知道,叔叔、阿姨、哥哥、姐妹们有多疼我。说了你都会嫉妒,他们的爱已占据我的全身心,怕是没容你的地方喽!他们给我鼓舞,给我力量,更有无穷无尽的暖暖爱意。收到的礼物是我长这么大以来最多的一次。只是老爸,我有些自卑,又有些担心，心理压力更大了。我很想读书，又静不下心来，眼前老是浮现出你的身影，学不好，对不起自己和妈，更对不起你。怎么办呢？老爸，给我力量，帮我克服吧！

老爸，至今家里的最后一道门还为你留着，随时等你回来开启！

您的女儿 沈王一
2010年2月1日

附录 沈浩日记

1982年1月3日

一个人在追求幸福方面,追求精神上的幸福应胜过物质的。反之,就不好了。

1982年1月22日

成功成才的三大关键:目的性、持久性、自制力。

1982年12月16日

搏!一生青春有几何?青春又有几回搏?事业艰危,治学坎坷,四化宏图,先辈重托,一代精英的铸造,全靠我们当今的年轻开拓者,去搏！搏，使青春光彩夺目；搏，使生命充满光和热。

从詹天佑大长中国人的骨气，到鲁迅倾心于人生光明的不息探索，每一步的艰辛、成功、胜利、欢乐，是血与泪的凝成，是理想与信念的结晶，也是一曲动人心魄的人生之歌。

1982年12月23日

人们常常把任劳与任怨并提，然我看，任劳与任怨不尽然属于一种思想境界。要做到任劳诚然不易，要做到任怨则更难。这需要忍辱负重，含辛茹苦，有时甚至要蒙受不白之冤，承受着不为群众所理解这样一种精神上的折磨。所以说任怨是比任劳更高一层的思想境界。要虚怀若谷，坦坦荡荡，自己认准了就要坚持做下去，这才是共产主义思想觉悟的表现。

2004年2月22日

昨天被同学接到县城去吃饭。吃饭间，谈论最多的是小岗和小岗人。多是出于对我的关心，想让我对小岗能多一点儿了解。埋怨我怎么会到小岗，去哪儿都比小岗强。

但是，既然来了，还后悔吗？要退缩吗？绝不！我相信小岗绝大多数党员、干部、群众是想好的，是不满意现状的，是想致富的。这一点，就是做好小岗工作的基础。

小岗村发展面临的矛盾和困难肯定很大，但存在的机遇也很多。因此，我相信通过自身的努力，权为小岗所用，利为小岗所谋，情为小岗所系，充分发挥自己的优势，不怕吃苦，严格要求自己，在这三年时间里，小岗一定会发生很大的变化，小岗人也一定会富裕起来。否则就是自己的无能和失败。

2005年5月5日

今天是我的生日，首先要祝自己生日快乐！算来自己已是41周岁了，也就是已过了不惑的年龄了，所以今后无论是讲话还是做事，都需要倍加思量和周全。当然，而今也有人说，男人过了四十，才是生命的真正开始。因为，过了四十以后,才会更担得起责任,感觉上更可靠。所以,要努力把握好人生,走好今后人生的每一步!不能故封,更不可懈怠。要积极、认真、负责,对自己、对家人、对亲朋、对社会都要这样,实实在在地过好每一天,待回首往事时,尽可能少留下遗憾与悔恨,多些快乐与自豪!

2005年9月4日　星期日　阴雨

不知怎么会这样,一觉醒来,舌头、嗓子都很痛,连说话都受影响,所以早上只在房东家喝点稀饭。

写到此,不自觉地就想到了母亲。母亲今年已是88岁的老人了,仍然在生活上基本自理,思维清楚。想想她老人家一生劳作不辍,吃苦受累无数,到老还能有这样好的身体,真是难得啊!这也正是我们做儿女们的大幸和福气!

她老人家每每见到我(记得从上大学时起)就讲,要听党的话,听领导的话,不该用的钱千万不能用,要学父亲再穷都不孬。

母亲言语自然朴实,但它饱含了对子女的拳

拳之心，也蕴含着许多做人的道理。

2008年3月8日

今天是三八妇女节，昨晚赶回来陪女儿过生日，因为九点多才到，女儿又陪妻子开会，也没见上面，待回到家时，才见女儿在写作业，口头表示了祝福。也不知多少年了，也没能陪妻女过这个节日。今天本打算一早去萧县陪德友购葡萄苗的，只因感到太疲劳，加上合肥早上下雨，也就没去了。